凡尘晴好，
世物幽美

李敬白 著

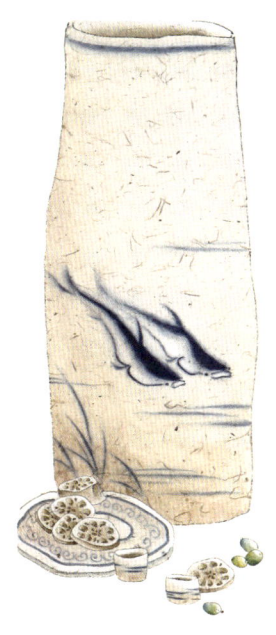

中国轻工业出版社

图书在版编目（CIP）数据

凡尘晴好, 世物幽美 / 李敬白著. -- 北京 : 中国轻工业出版社, 2025.5. -- ISBN 978-7-5184-5480-8

Ⅰ.I267

中国国家版本馆CIP数据核字第202569BR23号

责任编辑：方　晓

策划编辑：史祖福　方　晓　　责任终审：高惠京　　整体设计：锋尚设计
排版制作：辰轩文化　　　　　　责任校对：朱燕春　　责任监印：张　可

出版发行：中国轻工业出版社（北京鲁谷东街 5 号，邮编：100040）

印　　刷：艺堂印刷（天津）有限公司

经　　销：各地新华书店

版　　次：2025 年 5 月第 1 版第 1 次印刷

开　　本：880×1230　1/32　印张：6.5

字　　数：210 千字

书　　号：ISBN 978-7-5184-5480-8　定价：45.80 元

邮购电话：010-85119873

发行电话：010-85119832　010-85119912

网　　址：http://www.chlip.com.cn

Email：club@chlip.com.cn

版权所有　侵权必究

如发现图书残缺请与我社邮购联系调换

230193W2X101ZBW

一座城与一个人

一座城市,闪现它特殊的光彩和魅力,有时候常常因为一个人。这个人,并不见得是什么大人物,城市并不会因为他而荣耀。这个人也许很普通,但他绝不寻常。他似乎比所有的人都要爱这座城、了解这座城、懂这座城。他生活其间,凝视它每一个角落,眺望它的过去,遥想它的未来,更关注着它的现在。它的一切的一切,都与他休戚与共。他就像它身上的一个鳞片,是它始终亮着的一盏灯。他总是比常人更多看到它的美、它的温暖、它的趣味、它的丰饶、它的可爱的点点滴滴。他的生命,以跟这座城融为一体而幸福,而骄傲。他不仅是一个体验者、观察者,还是一个记录者,一个永不厌倦为它讴歌的诗人。他是这座城的爱人,是它的知音。他的全部,都是这座城所赐予的,反过来,他的存在,也丰富了这座城。

李敬白就是这样的一个人。他与泰州,就是我中有你你中有我,我看花如花,花看我如花,相看两不厌,如是如是。

他为泰州写下了大量的文字,出版了好几本书。泰州的风物风貌,泰州的名物特产,泰州的人间烟火,泰州的繁华画卷,被他以文字精心描绘，读他的作品，就是在读泰州，读古今相映的泰州，读千姿百态的泰州。

这样的泰州是心灵的彼岸和风景，它与现实骨肉相连，却几乎又是两个完全不同的世界，它模糊了地理范畴、空间概念，显示出文艺美学的内在精神与无限张力，在阅读时，会滋生出莫名的亲切，因为有的物象，有的时光，已在我们的人生旅程中出现过——不同水土中总会存在些许相同基因，但又不完全是我们平时看到的模样，也不完全是记忆中的样子。似是而非的相逢是美好的，是鲜活的。被纸面上的文字带至无限的脑海遨游，快乐的浪花不时出现，这是一种既忘我又非常自我的奇妙感觉。

生活芜杂枯燥，却能让人鼓足勇气向前，这条前行的道路也是我们认识世间的途径。沿途之中，有熟悉或陌生的景物，它们渺小普通，却又生机勃勃，李敬白关注着它们，在写作中抹去它们身上的尘埃，又不断地在擦亮自己的内心。手中的笔也许是李敬白所用的手杖，他走起来也许不会很快，但绝对踏实，移步换景间，他把幽美万物活泼泼地、风情万种地展现，同时也展示了他的赤子之心。

李敬白的文字有朝气，亦耐看，字里行间传递着新鲜真诚的味道。他涉猎广泛，对艺术、对收藏、对美食都有自己的独特见解，他不仅仅是在勾勒表现对象的面目，而且还巧妙地穿插了如意之事、可心之人；加入了自己的性灵、才情。他文字中有人性的揭秘，有对生命幽微的探求，亦有岁月里易被忽略掉的东西，当重拾起这些东西时，我们会感到它们和文字一样有着沉甸甸的分量。

一个人，秉承热爱和坚持，用他一生最好的年华，干同一件事，乐此不疲，这无论如何也是一件有意义的事。至少对李敬白而言，这种纯粹而重要的生命体验，是非常有意义的。

记忆的树,在李敬白的生命里越长越高,他坦然地接受阳光雨露,也默然地忍受寒霜冷雪,一次次地开花,一轮轮地结果,这样的收获季当然不只是属于个体。李敬白的新书《凡尘晴好,世物幽美》又将呈现给读者什么样的精彩呢?我想,你一定会在安静的阅读中得到答案。

荆　歌

烟火味

藕粉圆子　002
桃胶帖　005
咀嚼番茄　007
嵌桃麻糕　009
胡萝卜　011
糯米糖藕　014
酱姜之谈　016
刀板香　018
韭菜盒子　020
鲜肉月饼　022
无花果　024
油饼滋味　027
八股油条　029
猪脚饭　031
癞葡萄　033
盐渍海带　036

旧情怀

汤捂子　040

竹夫人　043

手炉·脚炉　045

帽筒　047

粥罐　049

铜墨盒　051

鸡毛掸子　054

雪花膏　056

油纸伞　058

闲话印章　060

紫砂壶　062

不求人　064

笔山　067

小人书　069

拂尘　071

打不死　073

拨浪鼓　076

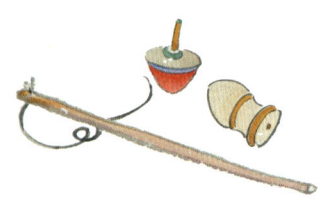

花枝俏

千山响杜鹃　080
梅花画谈　083
荷与莲　085
打碗花　087
玫瑰玫瑰　089
关于桃花　091
绣球花　094
灿灿油菜花　096
栀子花香　098
茉莉花事　100
金银花开　102
紫气长来　105
水仙记　107
菊香　109
牡丹还早　111
鸡冠花　113

草木谣

文人菖蒲　118
只谈芭蕉　121
水边有柳　123
浅说黄杨　125
白果树　127
狗尾草　129
夏之槐　132
梧桐　134
禅意水杉　136
芦苇　138
说说竹子　140
薄荷　147
皂角帖　149
念记苦楝　151
仙人掌　153
铜钱草　155

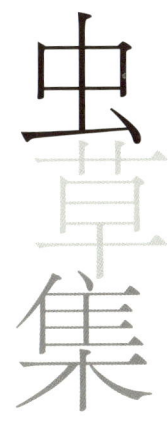

虫草集

白粉蝶 160

知了记 163

苍蝇帖 165

闲谈蚊子 167

喜蜘蛛 169

斗蟋蟀 171

鼠妇 174

记蝈蝈 176

夏有蜻蜓 178

小议螳螂 180

洋辣子 182

养蚕者说 185

金龟子 187

简说蟑螂 189

飞"蝗"腾达 191

天牛 193

一 烟火味

藕粉圆子

立秋了,天还热着,热得人心烦意乱,这样的天气被乡民称作"秋老虎",但这老虎只能逞一时之强,肃杀之气终究要将它冲到九霄云外。"秋老虎"虽暂未退出时光舞台,但人的食欲已在慢慢提升,如忽至眼前的美好,一点点在心头漾起快意。

几枚藕粉圆子在碗中荡漾,莹亮剔透,像茶色的水晶球,如泡开后的胖大海,又似一朵朵乌云,遮住了烈日,也盖住了烦躁,丝丝沁凉不时扑面而来,降低了微风里的热度,这堪称是"天凉好个秋"的生动实例。

藕粉圆子的特色在于其外皮和制作工艺。藕粉圆子按馅心划分有黑芝麻、豆沙、芋泥、紫薯、五仁等品种,这与汤圆区别不大,妙就妙在它的外皮由藕粉包裹。冷冻后的馅料捏成小球状,裹上藕粉,入锅"氽",快速捞出,再裹藕粉,接着再"氽",如此五六次,藕粉圆子便诞生于世。裹藕粉多在竹匾内进行,师傅手持竹匾两端,来回转动,使匾内的藕粉均匀沾染上圆子。"运动"后的藕粉圆子变得丰腴厚重,若比作是人,就是中年发福的知识分子,透着稳健、踏实的气质。

热水煮过的藕粉圆子,从锅里过渡到碗中,再蹦跶到舌尖,轻轻咬嚼,能感受到它的弹性和韧劲,周星驰电影《食神》里的撒尿牛丸可以当作乒乓球打,我想要是以藕粉圆子来置换,也是可行的。

在品味藕粉圆子时,口舌似蹦极一般,有惊奇之感,当然这可以说是惊艳,但藕粉圆子并不是痴情女子,它不粘牙,短暂缠绵后,牙齿放弃了这段露水姻缘,移情别恋地探入馅心,这时的口舌仿佛又踏

烟火味

入百花丛中，片刻之间，吃客仿佛是转世的香妃，甜蜜、芬芳弥漫全身。

藕粉圆子凝结了藕的精华，鲜白粉嫩的雪花藕，褪去洁白，压缩身躯，散为粉末，聚为圆子，如天下大势，分久必合，合久必分，手艺人的劳作穿插于分合之中，每一样大菜小吃背后，都有着虔诚信念和执着精神，吃在嘴里的藕粉圆子不仅有一池荷塘月色，还有一份独具匠心。

藕粉圆子是水乡的早餐，是午后的茶点，上一次吃藕粉圆子却是在去年深秋，一知心朋友深夜拜访，遂至街头食摊上点了藕粉圆子当夜宵，橘黄色的灯光下，撒在藕粉圆子汤汁里的干桂花如点点星光，让我觉得烟火味浓，人间甚美。

桃胶帖

春天看桃花，夏天吃桃子，桃胶在这两个季节都有，既可观又可食。

恕我孤陋寡闻，我也是这近十年来才认识桃胶。大概三五年前，我去某苍蝇馆子吃饭，店家送了一碗桃胶羹，只见黏稠的汤汁中漂浮着晶莹剔透、黄褐色的小"云朵"。尝一口，清香滑爽，有淡淡的桃味。桃胶的口感接近布丁，但要柔韧、温润一些，具有天然的质感。

自此以后，我一看到桃树，就会观察树上有无桃胶。一次在无锡阳山参加采风活动，步入一片桃树林，我果然看到桃树主干挂着一些露珠状、水滴般的桃胶，周边有蚂蚁围着转圈，大概是想着如何搬回巢穴中作干粮。桃胶摸上去是硬的，应是风吹后凝结所致，忍不住掰下一粒，放口中尝，却没有我想象中的甜。

桃胶不是桃树的装饰品，它是桃树受难后的证物。桃树受到细菌感染、虫子侵害、暴风摧残后，枝干上的裂口就会分泌桃胶，这和沉香树受伤结块形成沉香的道理很相似。

桃胶亦有别名桃花泪，当年起这个名字的人定是位怜香惜玉的雅士。桃胶是桃树与自然界抗争的产物，将之称作英雄泪也无不妥。有一俗语说"英雄流血不流泪"，英雄为什么不能流泪？击败敌寇他可以流激动之泪；朋友离世他可以流悲伤之泪；至爱相逢他可以流喜悦之泪。因流泪，方有情有性，有血有肉，英雄才称得上英雄。

桃胶黏性足。师友谦和斋主回忆，他少时用指头刮下刚沁出的桃胶，涂抹到细竹竿的顶头，然后把竹竿伸到杨树上去粘蝉，蝉翼碰到桃胶就像被焊接住了。一个多小时，他和小伙伴把逮到的二十来个蝉剪去双翼，放灶膛里烤，随着焦香味渐浓，他们取出烤熟的蝉，剥开蝉脊壳，取出丝条状的蝉肉分食，一群脸上晒得漆黑发亮的少年还常为吃大吃小争吵不停。当时他们难得见到个荤腥，蝉肉对他们充满诱惑。

我还看过丹阳朋友小魏用桃胶做糨糊，他以裱画为业，技艺出自祖传。一次，我看他买了几袋桃胶，他告诉我，桃胶佐以淀粉等辅料熬煮可制成托裱书画的糨糊。我拿起他做的糨糊闻，却只有一股米糊的香味，糨糊里的桃胶早已化作幕后英雄了。

以前一些作画颜料里会加入桃胶，用之作画经久不褪色。画家张大千就喜用矿物质、桃胶等自调颜料，他也喜食桃胶，一次，他去探望染疾的友人谢玉岑，佐以橘瓣，为友人做桃胶羹。谢玉岑吃了这碗表面酸甜可口、内里情深意浓的羹汤，想必别有一番滋味在心头。

元肉杞子桃胶、桃浆百果汤、桃胶酒酿圆子、桃胶银耳糖水……桃胶多用来制作甜品，我吃过的唯一一次咸味桃胶是在湖南，泡发后的桃胶添上豆豉酱、小米椒、葱花大火翻炒而成。趁热和米饭搅拌后吃，咸鲜适口，软嫩香滑，我连吃了三碗饭都浑然不知。

老桃树所生桃胶为深褐色。生长年限不长的桃树，桃胶颜色呈淡黄色或黄褐色。桃胶和琥珀颜色最相似，同时都有数种颜色。琥珀是树脂化石，桃胶是树脂，它们一是久经沧桑的"老江湖"，一是初出茅庐的"愣头青"。

咀嚼番茄

  人的味觉会产生审美疲劳。餐饮店的酸菜鱼没之前流行了，取而代之的是一种番茄鱼的菜肴。以鱼片和番茄炖制，入盘后熟红雪白，番茄酸甜，鱼片滑爽，番茄的果肉分解于鱼汤中，生出黏稠的质感，用来拌米饭拌面条甚美。

  不过在居家范畴内，番茄的最佳搭档是鸡蛋，番茄炒鸡蛋的味道很爽口，做起来也不麻烦，大多数人都能操作，但是要做好要有些修行。我认识的几位高厨所做的番茄炒鸡蛋有过人之处，我看过他们做这道菜，颠锅，翻炒看上去用了很多的猛力，但装盘后，番茄却没有散碎，鸡蛋也是黄嫩的，不见一点焦黑，能吃出它们本来的味道，烹饪做到这一点很不容易。

  番茄炒鸡蛋南方北方皆有，然口味却大相径庭。我十岁出头的时候，和父母去北京旅游，某天去一个叫作神州爱犬乐园的景点去游玩，中途停下来吃快餐，里面有一道番茄炒鸡蛋，我吃了后，却发现里面是放了糖的。虚度三十来年，我只吃过这么一次甜味的番茄炒鸡蛋，确实难以忘记。

  饱满滚圆、外观红润的番茄看上去讨喜，番茄别称西红柿，它是可以代表"事事如意"的。我在一家农庄看到他们种的番茄，结果吓我一跳，他们种的好几株番茄七奇八怪，有的番茄表面还生出或圆形或长形的小番茄，忽略颜色，选几个堆到假山上，绝对看不出来。后来和主人闲聊，才知道番茄长得畸形的原因是水肥管理出现了偏差。

  番茄生吃熟吃都好，切开了，撒上白糖，放冰箱冷藏片刻，味道酸酸甜甜，夏天吃胜过吃冰激凌。番茄炖牛腩是很滋补的汤菜，烧好后，看上去和俄式名菜罗宋汤别无二致。这道菜要把去了皮的番茄切丝和牛腩一起慢火炖，等到番茄化开了，牛腩软烂了再吃。番茄炖牛腩中的"番茄"起到的是调味作用，当它融入汤汁里，再粉腻腻地黏附到牛腩之上后，牛腩变得更为诱人，吃起来特开胃。我有一朋友嫌复杂，他直接用番茄酱与牛腩炖，味道完全不是一回事了。

咀嚼番茄的名字，就知它自外邦引入。在我的印象里，以番字开头的还有番瓜、番薯、番椒等。只不过它们通常被称为南瓜、红薯、辣椒。近年来市面上又出现了一种樱桃番茄，这种番茄原产南美安第斯山地带，后在国内大量种植，亦名圣女果，也确实如圣女般受到追捧，菜市场、水果店都能看到它，其个头如鹌鹑蛋大小，有红、黄两色，水分充足，甜度超过酸度，食之如饮琼浆。

嵌桃麻糕

乡谚称"送礼三件头,麻饼麻糕加麻油",还有说法是将其中的"麻饼"或"麻糕"换成"麻将"。吾乡人爱打麻将,也有不少麻将工坊,以往车站码头常能见到卖麻将者。但把麻将放在食品当中,显得有些不伦不类。

麻饼麻糕麻油各有特色,其中的麻糕特色较为突出,它全称"嵌桃麻糕",展开说就是嵌了核桃仁的麻糕。嵌桃麻糕整体像竖切的半张扑克牌,厚如两张重合在一起的银行卡,中间是一小片的核桃仁,形状或似蝴蝶,或似银锭,或似金鱼……这使我想到了"宁波工"老家具上常用的骨木镶嵌工艺,只不过嵌桃麻糕上的核桃形象更多地出于天成。

构成嵌桃麻糕主体的是芝麻粉、糯米粉、白糖。不同的成分,形成了它表面的颗粒状,用手触之同样会感觉粗糙,外形很像长方形的石板。特别配料为黑芝麻粉的嵌桃麻糕,看上去像一块灰白色的麻石板,十几块麻糕平行地放在一起,就组成了一条微缩版的麻石街。家乡曾有不少这样的麻石街,走在上面,要穿平底鞋,赤脚或穿高跟鞋会硌得脚疼。

不过也有例外,年幼时,在一次城市庙会活动中,我看到扮着唐僧、孙悟空、猪八戒、沙和尚等角色的艺人竟踩着高跷从麻石街上走过,他们走得很顺当,脸上露出惬意的微笑。街边观看的居民们纷纷把香烟、糖果,还有嵌桃麻糕、云片糕一类的东西递送给他们,我仔细观察后,发现"唐僧"竟是一位中年女人扮演的,她一手拿禅杖,一手行单掌礼,嘴里还含着一片嵌桃麻糕,看上去很潇洒。

嵌桃麻糕还是安静地品尝为好，因为糕点类的食物都比较干，吃得急容易噎着，且不能尽情品味其中的内涵。咬下第一口嵌桃麻糕后，能听到轻微的"嘎嘣"声，轻嚼几下，齿颊间填充了香甜的粉末，一阵淡香从口中弥漫，散至咽喉，窜到鼻腔，此时喝一口热茶，口中的甜味虽稀释了，但香味却更盛。嵌桃麻糕本是工笔白描，清茶是施染的淡雅色彩，两者珠联璧合，在舌尖上铺展开一幅清逸秀美的画卷。

嵌桃麻糕的妙处在于"嵌"，闲时品它，凡俗的人生似乎也就嵌入了甜美，当然还有聪慧，核桃补脑的说法不可忽视。

胡萝卜

很多儿童读物上都有小兔的形象，甭管黑兔白兔，很多时候，它们身边都会画有胡萝卜。因此在人们眼里，胡萝卜是小兔最爱的美食，而在小兔心中，胡萝卜只是它们的一种食物。

胡萝卜和胡椒一样，是外来的产物，这从它名字里就能瞧出。胡萝卜是宋元时期沿着丝绸之路进入中原的，从古到今，胡萝卜能够逐渐地在国人菜篮子里稳妥地立住，殊为不易，我想，这主要取决于胡萝卜的高营养，研究表明，它有增强体质、改善视力、延缓衰老等功效，盖因其富含胡萝卜素。"胡萝卜素"在西蓝花、菠菜、番茄、芒果、橘子、哈密瓜等蔬果里也存在，但这种营养成分却只以胡萝卜的名字命名，这是能让胡萝卜骄傲一生的荣誉。

要是谈到胡萝卜还有什么功效，我想说的是能为有情儿女牵线搭桥。作家汪曾祺和夫人施松卿在恋爱时，有一次两人路过一片胡萝卜地，汪曾祺在看胡萝卜时，施松卿悄然买了一大把胡萝卜吃，汪曾祺看着她，笑言，"吃了胡萝卜真的变美了。"此后两人愈加亲近，终成眷属。

对成就自己姻缘的胡萝卜，汪曾祺很看重。他在小说《榆树》《异秉》《王全》里写过胡萝卜，而且他也喜用胡萝卜入菜，如过年汪家餐桌必有一道"罗汉斋"，做法是把山药、土豆、荸荠、胡萝卜、小油菜、蘑菇等掺和在一起同烧。1972年底，汪曾祺曾致信好友朱德熙，教他做一个自认为很精彩的汤，叫"金必度汤"，里面就有切丁的胡萝卜。

生吃的胡萝卜，口感清脆，切成薄片，盐腌或焯水后加麻油、酱

凡尘晴好　世物幽美

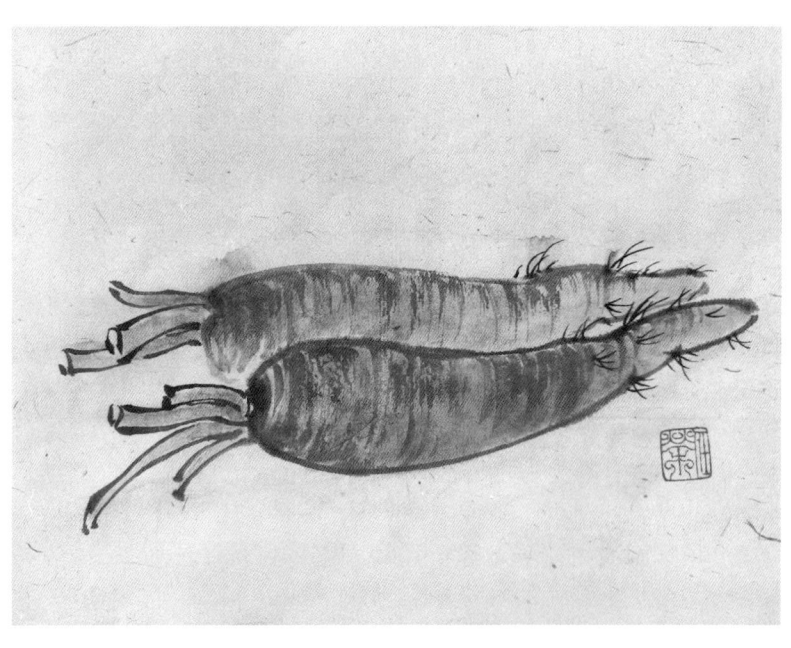

油拌着吃,味道清爽。我小时候不爱吃胡萝卜,偏偏大人以"增加营养"为由强行给吃了不少,故很长一段时间,看着胡萝卜就倒胃口,吃凉皮时,连里面的胡萝卜丝都要一根根地挑出来。现在人到中年的我倒是常吃胡萝卜了,除了吃拌胡萝卜片外,我还吃蒸胡萝卜,一顿两三根,用之代替米饭。

胡萝卜遍地都有种植。灾荒年月,它也没有稻米稀罕,穷人用它混在稀粥里吃。但是在古埃及,胡萝卜等同货币,它作为工资支付给修筑金字塔的劳工,据说那时的胡萝卜是紫色的,这种颜色的胡萝卜现在还有,售价不菲,雅称为"紫玉萝卜"。

现代管理学中,有一种奖励与惩罚并行的手段,叫作"胡萝卜加大棒",这似乎一下子把胡萝卜的金贵程度提升了。

糯米糖藕

　　七月荷花开得正欢，躲在它眼皮底下的藕已悄悄上市。藕有清热解烦的功效，天热时吃再好不过，不管是切块搭排骨炖，还是切丝配辣椒炒，藕清鲜清爽的本色不变，让夏日昏昏沉沉的味觉为之一振。若将藕生吃，脆感强烈，汁水丰盈，甘洌中能觉察到荷塘的清气。

　　藕能入菜，能当水果，还能做成小食糯米糖藕。做糯米糖藕是细巧的活计，刮去藕的外皮，从藕的节处切开，分成三四段，每段切下一个"盖子"，往藕孔里塞上浸泡后的糯米，可借助筷子帮忙，压紧、填实。再盖上"盖子"，用几根竹签固定好。特别注意的是，削藕皮、切藕最好用竹刀，因为藕接触金属刀具会泛黑，这个细节虽不会影响全局，但饮食的美味程度，往往由这样的细节决定。

　　接受"填鸭式"教育后的藕还需进行"洗礼"，把它们投入注满水的锅内，添上冰糖、红糖，再扔一把红枣，大火煮、小火焖，待汤汁黏稠，汤色泛红，捞出，切片装盘，浇上汤汁，撒上桂花，冰镇后味道更佳。因为糯米的缘故，糖藕吃在嘴里很糯，但也饱满厚实，香甜如海浪一阵阵地席卷舌尖。

　　做糯米糖藕并不是多多放糖才好吃，高手自有"绝招"，朋友大利在煮糖藕时，会在锅底铺一层甘蔗皮，这就为甜蜜的事业积淀了很好的底蕴，就像另一位开餐馆的朋友，做蟹黄包剥螃蟹留下来的蟹壳、做虾仁蒸饺取虾仁剩下来的虾壳，被他拿来和鳝鱼骨、小鲫鱼、鸡架子、猪棒骨一起炖汤，所炖的汤又浓又鲜，佐一块烧饼吃都很有滋味。

　　糯米糖藕老少咸宜，我的老师肖先生特别爱吃，某次聚餐，桌上有一盘糯米糖藕，吃完后，肖先生意犹未尽，用勺子舀盘中的汤汁喝。其实肖先生爱吃糖藕在内的所有甜食，他说年轻时两个中山装口袋里都要各装一把糖果，不时地掏一块出来消磨消磨，后来牙齿吃坏了就装了假牙，有了糖尿病就打胰岛素，老人今年九十又三，一生都这么快乐地活着。

糯米糖藕有些粘牙，但也黏住了心。一天，我在古玩店里看到老板腰上挂有清代和田玉藕片的雕件，就请他取下借来欣赏。老板和我笑言，藕有很多孔洞，古人根据这个做成的玉藕片叫"路路通"，意思是人生每条路都要顺顺利利。看了还未到一分钟，我就想到了糯米糖藕，其孔洞里都填满了糯米，不等于把"通的路"都堵塞了？但想想又不是一回事，这可理解成"心里有底，满腹经纶"的意思，这同样能招人喜欢。天底下的吉祥寓意都是人为设定的。

酱姜之谈

或是天冷之故,早晨口中乏味,索性盛了一碗老母亲熬的玉米粥,取出冰箱里贮藏的酱姜搭粥,吃后顿感周身俱暖,味觉复苏。

酱姜是我家常备的小菜,有时就着一碟酱姜和一捧花生米,我和父亲能喝下一瓶酒。即使是酱姜的汤汁,我也会留着蘸高庄馒头吃。每到酱姜坛子见底时,我会去北郊的酱醋厂购买,一次买上五六斤,可以吃上两三个月。

去酱醋厂次数多了,和厂里师傅渐渐熟悉,在和他们聊天中了解,酱姜要霜降前腌制,这时的生姜块头大,却鲜嫩。生姜去皮后,掰下上面手指肚大小的嫩拐,大的姜块则另切成片,两者分开,热水煮,冷水泡,再以蜂蜜、甜酱、醋、酱油等腌渍。成品分姜芽和姜片两种,味道有细微区别,但名字皆可叫蜂蜜酱姜。

酱姜口感软脆滑嫩,它的味道是丰富的,在嘴里用牙齿慢慢撕碎,在这个过程中,会察觉到甜咸的味道降临舌尖,在咸甜混沌未分时,淡淡的酥麻横空出世,它借用舌面作为辐射点,一遍遍地向人体的四面八方扩散,辛香味一浪高过一浪,民间有云"常吃姜,寿而康",而在这短暂的品味瞬间,想到的并非"寿而康",而是"香而美"。

姜种植在沙质土壤中,特定的生长环境,成就了姜土黄色的外表,即使成为酱姜后,它还是本色未变,初心不失,写过酱姜的清代乡贤郑板桥亦有这样的操守。他在范县任上时,在家书中言及,天寒地冻,以炒米和酱姜招待穷亲戚,最是暖老温贫之举。他在信中还表示天地间第一等人是农夫。堂堂一县之长,却挂念民间小食,对平民充满敬意，因坚守，因悲悯，他才会成为千古留名的廉吏，而"暖老温贫"四字，我以为其价值不亚于他的墨竹图。

现在乡人更多的是在过年的这几天吃酱姜，早晨，一家人穿戴梳洗完毕后，主妇先烫干丝，卜页或豆干切成细丝，烫煮后，挤去水分，拧成团状，放置盘中，浇上酱汁，加上青蒜梗、香菜末、花生米、肴肉粒及少许绵白糖，最后在周边添一圈酱姜，配一壶清茶，加三两个热滚滚的肉包菜包共食，乡俗称为"吃早茶"，吃了这丰盛的早茶，外出拜年时不但脚步更有劲了，连笑声也多了几分爽朗。

吃酱姜我不挑时辰，自小吃到大，年头吃到年尾。行走在漫长的岁月旅途中，有的食物注定要萦绕一身，环绕一生。

刀板香

一方水土一块肉，腊肉品类多矣，这当中，属刀板香一名最有诗意，其美在含蓄，发人幽思，一扫荤食的浑浊之气。

刀板香出自徽州，传为明代大员胡宗宪命名。腊肉放在香樟木质地的刀板上入锅蒸熟，接着在上面将肉切成薄片，长久的接触中，肉香留在木刀板上，木香传到腊肉上，它们相互成全，徽州人也成全它们，索性连肉带刀板一起上桌，同时在它们周边点缀笋干或鲜笋。这质态，好似被赵匡胤杯酒释兵权后集体过起了山居生活的武将。

刀板香所取猪肉，为徽州所产黑猪、花猪。徽州多山富水，具备养猪的便利条件，民间养猪，蔚然成风。清道光《徽州府志》载，"中家以上别饲大豕至二三百斤，岁终以祭享，谓之年豨"。在没有冰箱的情况下，吃不完的"年豨"腌成腊肉可经久保存。

得皖风皖水浸润的腊肉透亮鲜艳，瘦肉淡红、肥肉浅黄，透过搁在木刀板上的肉片，能看到刀板上仿若河流的木纹，因间接的观赏，木纹更像是被薄雾笼罩的淮河，透露着神秘的美感。刀板香里，也许还存在未知的故事。

无论样子多么美妙，名字怎么酷炫，在徽州百姓心目中，刀板香就是一道家常土菜，逢到喜事，来了贵客，刀板香绝对少不了。减了油腻的腊肉，多了油润的竹笋，佐酒下饭两相宜。作为主角的腊肉味道丰腴软韧，咸香中暗藏鲜甜，入嘴品嚼时，有清新气，仿如王维的田园诗；入腹回味时，有雄浑气，又仿若岑参的边塞诗。大快朵颐之间，有欢乐，有沉思，有感慨，无言地拨动着品食者的心弦。

我的朋友阿飞出生在黄山脚下，少时学厨艺，出师后在吾乡开店,博得一番大事业。阿飞擅长烹制刀板香、臭鳜鱼、毛豆腐等徽菜,我在其府上看到一块樟木刀板,沉重坠手,色泽深沉,阿飞说,此刀板已使用三十余年,是他创业初期找老家木匠定制,原来做了三块,现今仅剩下一块。这块樟木刀板上已有多道裂纹,但阿飞一直不舍丢弃,笑称要将之作为传家之宝。我吃过阿飞用这块木刀板烹制的刀板香,内中似有一种难言的滋味。

刀板香,能补养元气;刀板香一名,能引发诗情。我遥想秋日的傍晚,坐在皖南古村的村口,就着热腾腾的刀板香,喝着祁门红茶,看满天的红霞,青山依旧,鸟雀亦鸣,生命中的美好,就这样一点点地荡漾开来。

韭菜盒子

周末和家人吃火锅,离开时店家送上了口香糖,这是很贴心的服务,火锅调料中的韭花酱、蒜泥、葱末等味道皆重,但吃火锅时却少不得。吃火锅蘸调料古来有之,宋朝时就有这样的吃法,但现在调料品种肯定比古代多,有的火锅店调料有四五十种,瓶瓶罐罐,红红绿绿,让人看得眼花缭乱,想都尝尝味道就要多光顾几次。

火锅调料当中,我比较喜欢韭花酱,百尝不厌。吃它时,常会想到杨凝式的《韭花帖》,想到前人以韭花配嫩羊肉的吃法,这么一想,到嘴的食物就更为鲜美了,艺术可以给饮食添光添彩。

韭花酱是近年来随着火锅传入我们这边的,韭菜盒子也是一样,美食的传递和融合随时上演。韭花酱和韭菜盒子出自北方,现今却南北都有,不是它们适应了水土,而是它们适应了各地人士的胃口。

换到三十多年前,听到"韭菜盒子"这个名字,我绝对不会想到这是一种食物,以前只听说过盛放各种菜肴的"食盒"——一种竹编木制的器物,我筹办泰州早茶博物馆时曾买了多只老食盒,上有墨书"皇清光绪十八年置"楷字,这种百余年的老物件,买价也就三百来元。

现在有小吃店在价目表上把韭菜盒子写作"韭菜合子",《汉语词典》中"合子"的释义是"类似馅饼的一种食品",但"盒子"比"合子"看上去更具象化。我以为,把合子写成盒子,就像把烧麦写成"烧卖",都没问题。

韭菜盒子清代即有。袁枚《随园食单》里有"韭合"一条,"韭菜切末拌肉,加作料,面皮包之,入油灼之。面内加酥更妙"。袁枚说的很含糊，特别是里面所说的"作料"不得而知。韭菜盒子不一定要放肉，放些鸡蛋、豆干、木耳、油渣都可以，还有人喜欢加上煮烫后的粉丝，但不管怎么搭配，韭菜这个主角是要有的。

切成细末、煸炒熟的辅料和切成小段的韭菜搅拌，加上盐和香油，包入擀好的面皮中，放入油锅煎至两面金黄，筷子夹起来，吹上几口气，咬开，香味迎面扑来，里面的韭菜依然是碧绿的状态，其他的辅料也保持着本色，整体还多了些油润的色彩，吃上三五口，透鲜的滋味直往心间里钻。要是吃韭菜盒子时再搭上一碗米汤，一碟雪菜毛豆，这样的组合既解了盒子的油腻，又放大了韭菜的馥香。

韭菜盒子的形状有长方形、半圆形、圆形等，具体什么形状并无明文规定。不过我看多数的韭菜盒子还是半圆形，像一个大饺子，更像一个金元宝，当几只"金元宝"落进腹中，那一身也似乎有了富贵的"加持"。

世上有韭菜盒子，还有茄盒。茄盒做法说来简单，茄子削皮，切成薄片，两片一组，中间夹馅，裹上面糊油炸即成。有一次，我在小吃店点茄盒吃，见馅心竟是韭菜鸡蛋的，韭菜同样可以在茄盒里"挑大梁"！

鲜肉月饼

月饼原先是中秋的吃食,当然在吃之前,会先拿来拜祭月亮,吾乡将之称为"敬月光",用之"敬月光"的,还有菱角、莲藕、苹果、花生等。每一种拜祭的食物都有独特寓意,月饼呈圆状,象征团聚和圆满。

传统月饼以五仁、枣泥、豆沙等甜馅为主,取生活甜美之意。而今以鲜肉月饼为代表的咸馅月饼流行于江浙沪地区,且广受欢迎,吃鲜肉月饼无需等到中秋,吾乡几家茶食店平常都提供鲜肉月饼,出炉时,周边会围上一圈人,大家都眼瞅着平底锅上那滋滋冒油的月饼。

鲜肉月饼薄纸般的面皮上盖着食用色素做成的红色店号品名戳子,上下中间面皮呈焦黄色,侧端面皮有些泛白。鲜肉月饼的面皮极酥松,送至双唇间,轻轻抿一下,面皮屑簌簌地不断落入口中。接着再咬,口感明显丰富起来,面皮协同肉馅共闯牙齿的关卡,咀嚼中,能感到其外酥内绵的层次,肉的荤香高举着咸味的大旗在口中冲撞而出,之后,咸味转淡,亮出鲜甜的底味。吃鲜肉月饼,即使无茶水佐食,也不觉干涩,肉馅里时刻漫溢的卤汁让它有着润泽的质感。

以工艺划分,鲜肉月饼属于苏式月饼,我所见的月饼有苏式和广式两种,苏式月饼好比是明代家具,广式月饼好比是清代家具,前者式样简洁,后者装饰华美,故以为,家庭食用苏式月饼不掉架子,馈赠友朋广式月饼不丢面子。提到苏式,其是中华文明史上一个光辉夺目的词语,隶属于苏式糕点的苏式月饼,与苏州等地江南士人营造的苏式园林、苏式家具、苏式玉雕一样广有影响。另有说法认为苏式月饼初名"酥式月饼",起源于维扬地区,流传开来后,大众以为是

"苏式月饼"。其实来历并不重要,重要的是掌心大小的鲜肉月饼为大众所接受,这就是最好的生活美学。

今人口味愈加精细,榨菜鲜肉、蛋黄鲜肉、龙虾鲜肉、梅菜鲜肉等馅心的月饼纷纷涌现,鲜肉月饼在糕点江湖中几乎也可以独立一个门派了。我在上海还吃过糟香鲜肉月饼,是以生糟过的猪肉与鲜猪肉融合一起,手工切成肉糜包裹而成,吃起来有一股米甜酒的醉香味,舌尖甚至还产生了轻微的酥麻,但随即又转为劲爽之风漫延全身,胸中垒块由此消散。

宋代苏轼有"小饼如嚼月,中有酥与饴"的诗句传世,很多人认为这是有文化味的"苏轼月饼",其实说是写月饼,只是后人的猜想罢了。且苏轼的这两句很一般,远不如苏轼"但愿人长久,千里共婵娟"写得精妙,但能够理解,文艺家又不是机器,不可能每件作品都保持同样的水准。

无花果

　　成语"春华秋实"中的"华"同"花",春开花、秋结果是多数植物的生长规律,但无花果的名字,似乎让人颠覆了这种认知。实际上无花果是开花的,只不过其花朵较小,而且隐藏在果实内。眼见不一定为实,无花果很能说明这个问题。

　　无花果或圆形,或扁圆形,顶头有冒出的青绿小嘴,形象颇似水蔬慈姑,尤其像尾巴短、个头饱满的广东斗洞慈姑,它的表皮多为黄色泛紫,但不乏通体紫而发黑者。掰开无花果后,能看到中间有丝绒状的粉色果肉及芝麻般的黄色籽粒,这就是它的花蕊。可以说无花果是"花心"的,也可以说它是"护花使者",把美丽守护在心中。

　　无花果的肉质绵软、细糯、粉嫩,像是手无缚鸡之力的书生,用牙齿对付它会有胜之不武的感觉。在无花果肉吮吸到嘴里后,用舌面轻托着,抵至上颚慢慢碾着,顿时果肉化解为泥状,果香直冲鼻息。遗憾的是,这果香味里有一丝青涩气,人有青涩气是青春的象征,水果有青涩气就是缺点。

　　幸好无花果的甜蜜掩盖了这个不足,它别名蜜果,口感确实很甜蜜,剥食完无花果,手指都会跟着"沾光",变得黏黏的。美食家蔡澜在澳大利亚吃厌了三明治,用无花果代替中餐,他称"买上一公斤放入雪柜,或在冰冷的水中冲一阵子,又甜又冰,是无上的美味"。

　　我最早接触的是无花果干,上小学那阵,学校门口的零食摊上都有袋装的无花果干出售,火柴盒大小的袋子,上面印着咖啡色的字体,售价一角钱左右。打开袋子,能看到丝丝缕缕的无花果干,吃在嘴里酸甜生津,以致我初食时以为是干萝卜丝。前不久我看到网上有

烟火味

出售,就买了一大袋品尝,以此来重温小时候的味道。

粤菜中常以无花果配荤物来炖汤,我们这边没有这样的习惯,只把它当水果吃。今秋赴仪征参加一朋友的画展,开展前,主办方以竹叶青茶招待,所备佐茶物为刚采摘的无花果,我觉得那天的茶味太淡了。吃无花果时,一定要以浓醇,甚至有些苦涩的茶品来佐配,这样味道会在互为冲撞间,产生出其不意的奇味。

油饼滋味

一连吃了好几天食堂,傍晚时想调换下口味,就去单位旁的小巷买油饼吃。油饼摊车紧挨着居民楼,典型的夫妻档,老婆做饼,老公打包,配合默契,即使摊子前排着十多人的长队,他们也丝毫不慌。

这家油饼摊已有十余年了,除推车外层的铁皮略有锈迹外,几乎变化不大。车上平底锅和案板四周,放着十多个搪瓷缸钵和一个塑料篓子,搪瓷缸钵里的内容物分为两类,一类放着葱花、韭菜末、萝卜丝、雪菜、粉丝、海带丝、肉糜等馅料;一类放着菜籽油、盐、孜然粉、香辣粉等调料,篓子里放的是鸡蛋,有四五十只,都是个头小,颜色偏白的草鸡蛋。

我要了一只融汇各式馅料的"全家福"油饼,不同产地的馅料克服了交流上的障碍,成为相亲相爱的一家人,共同搬进了面团里,又共赴油锅,匠心之手将面团压平成饼状,从天而降的鸡蛋液覆盖其上,鸡蛋在油温的炙烤下,凝固了身形,变幻了色彩,黄灿灿的太阳在白云的簇拥下横空出世。这时给面饼翻个身,"嗞嗞"地煎至两面金黄。刚出锅的油饼极具穿透力,表面冒着的若干小气泡映入眼帘撩拨我心,散发的香味随着热气直达嗅觉系统,厚重的油脂穿过包裹它的纸张依附到手指,对一个处于饥饿的人而言,油饼的诱惑相当致命。

油饼上手后,我躲开周边食客羡慕的目光,背过身来,一口咬开,只见两边酥脆的饼皮力不从心地夹着馅料,为了缓解饼皮的压力,我只好按住油饼下部,像挤牙膏一样把馅料推到前头,再咬下一口,消磨在口中的食物气息发生了改变,原本隆重的麦香已然退居到菜香、肉香、蛋香的身后，这似乎是环绕田园的乡土滋味，捉摸不透却又似曾相识，这种揣测化作了食动力，让油饼很快地落至腹中。

油饼是小城人喜爱的茶食，午后三四点钟，小城的几家油饼摊前就开始人头攒动了，有时去晚了还买不到，我和一家油饼摊的老板聊过，他说有一家麻将室几乎每天都要和他订上百十个油饼，想想那麻将室的麻友，都有一双光亮可鉴的"黄油手"，经他们日复一日抚摸的麻将，肯定比别处的麻将多一层油亮润滑的包浆，使用上五六载，拿到古玩市场上当作古董麻将售卖，估计也能唬住一批人。

我以前总要三天两头的吃油饼，觉得"油水"丰富，现在随着年龄增长，口感日趋清淡。偶尔吃一次油饼，已经没有以往的那种满足感，在时光的驱赶下，口舌之欲像是月亮一样，从一只圆盘渐渐瘦身为一叶弯舟，它最终会驶向无边的天际。美味美在人生的盛年。

八股油条

八股油条和油条不同样。油条是两股面坯绞合在一起，呈棍棒状；八股油条是八股面坯合拢在一起，形如芒果，如橄榄球；状如佛手，如蝈蝈笼子，这笼子铁定关不住馋虫。

要是把油条和八股油条放在一起，似乎又像是武器组合。油条是少林寺武僧使用的太极棍，八股油条是《三国演义》中蛮王孟获手下藤甲兵使用的盾牌，刀枪不入，唯惧火攻。

造型别致的八股油条是徐州名早点，当地供应八股油条的店铺，无须打广告，无须使劲吆喝，照样能排起长龙，本地人吃，外来游客也吃。吃时可配豆浆，可配米粥，也可配稠厚的饦汤——这是以母鸡汤打底，加上猪蹄髈、薏仁、麦仁、面筋等熬制的汤羹。

在徐州的时候，朋友请我吃八股油条，几近脸盘大的八股油条，散发着油香，凑近了闻，还能感到阵阵释放的面味，这面味质朴，容易让人想到它前世的场景，金秋的田野，火红的太阳在滚滚麦浪上施展着烫金工艺，农人手持镰刀，站在田头酝酿新一轮的收获。

八股油条如同明清的八股文一样难以"吃透"，就着饦汤，好不容易吃了一大半，就再也吃不下去了。相较油条，八股油条的酥脆感要更强烈，牙齿咬开时，油条释放成大小碎片在口中各奔东西，脆声迅即传入耳中，不带一点杂音。

八股油条都是现做现吃，店家一边制坯，一边炸油条。八股相连的面坯丢进油锅后，面坯漂浮在油面上，周边泛起白色的油泡沫，此时的店家仿若练家子，持长竹筷利用拨、挑、翻等手法帮它"纠正"体形，面坯在热油中膨胀着、变化着。

炸好的八股油条，像是脱离寒窑走向富贵的王宝钏，迅速被端上食客的餐桌。打量培育它的油锅，通体黝黑，观之颇有历史；锅内的油液，黄黑浓稠，应是反复使用过。若是养生专家看后，难免咂嘴说有害健康。但我见家门口炸油条的地方都是用的老油，多年来街坊吃了没有出现不适，适可而食问题不大。再说相对新油，老油炸的油条味道更香。这和故乡很多老人喜欢较晚的时候泡澡堂子的道理一样，他们认为"清水澡寡人，浑水澡养人"。

和很多面点一样，八股油条要趁热吃，温暖的食物总能让肠胃感到舒服。要是再和可心的人在翻腾的热气中一边说着如意的话，一边品着喷香的八股油条，就是只拿白开水配着，这一切的滋味都是温暖可亲的。

猪脚饭

中午要赶个文稿，快到一点的时候叫了份猪脚饭外卖，不知是否因为肚子饿了，五六分钟就把猪脚饭吃完了，而且感觉味道很香。这次在下单时，特别嘱咐了店家要多加些卤汤。香糯黏稠的卤汤用来拌米饭，吃在嘴里，踏实感满满。

说是猪脚饭，其实除了猪脚，还有猪肘。猪脚猪肘汆烫后，搁高汤里，加上草本香料及各式作料，炖煮熟透，捞出，切成条块状，佐以雪菜、卤蛋、豆干、生菜等，码在米饭上，浇上卤汤。猪脚饭有饭有菜，有荤有素，集结了美味，聚拢了香气，重要的是极具性价比，价格和快餐无异。

猪脚饭烹制起来不复杂，精挑好料、花功夫做的猪脚饭肯定好吃。有店家图省事，在打理猪脚猪肘时以松香脱毛，那猪脚饭会有挥之不去的异味。还有店家用刀片给猪脚猪肘刮毛，但毛根还附于皮中，这样的猪脚饭吃起来还留有腥味。我熟悉的一家名为"广友记"的猪脚饭店铺，下晚的时候，常能看到老板娘坐在店门口，手持镊子，很细致地给猪脚猪肘拔毛，这等于打了个广告，食客会觉得店家用心，自然也就会吃得安心。

七八年间，尽管周边的店铺换了一拨又一拨，但"广友记"的招牌依然醒目。一次，我看到穿着脏制服的老年人拿着盛着冷饭的搪瓷茶缸，央求着让老板娘浇几勺卤汤，老板娘二话没说，拿起茶缸，不仅给他加了汤，还给他添了块肘子肉和卤蛋。我留心观察了下，老板娘整个过程中都是笑意盈盈，眼睛里尽是温暖。有这样善良的老板娘打理，店铺生意不好才怪。

我看猪脚饭中的猪脚猪肘都是吃前去骨,按一老饕说,这样能锁住肉的鲜香。炖至烂熟的猪脚猪肘颤颤巍巍,充满鲜活劲,骨头能轻而易举地抽脱出来,这时骨头千万别舍弃,轻轻一咬,骨头就开了,半流质的骨髓满溢出来,用嘴反复吮吸,油润从喉咙处穿过,映照出周身的一片明亮。

猪脚猪肘的外皮充满胶原蛋白,外皮包裹下的肥瘦肉也由此变得迷人起来,肥肉因外皮而丰腴,瘦肉因外皮而丝滑,差不多是环肥燕瘦两类美女同台竞技的感觉,而铺垫的米饭及配菜,等于美女的"粉丝团",正是它们的陪衬,猪脚饭才有了更多值得品咂的滋味。

很多小吃店都有猪脚饭售卖,不少在门头上标注"隆江猪脚饭"。隆江为岭南古镇,猪脚饭为其地标美食,因其受众群体,又有"打工仔饭"之称。正宗的隆江猪脚饭里要放卷章(以猪肉、冬菜为馅,豆皮包制的肉肠),而流传到外地的猪脚饭很少有放卷章的,多以腊肠取代,这相当于原本几个人传阅的舞林秘籍略经修改,成为强身健体的广场舞,这一调整也让猪脚饭有了更广泛的群众基础。

癞葡萄

夏末的街头,一老汉顶着烈日卖癞葡萄。篮子里的癞葡萄,或金黄,或橙红,有的隐约中还透着青绿,映入眼帘的色泽,有朝气,有喜色。癞葡萄色彩比名字好,看起来比听起来美。

癞葡萄外观疙疙瘩瘩,形如蛤蟆表皮,这么一想,它就更像金蟾了,也就有了富贵味。民间传说中金蟾一般和仙童刘海搭配,是为"刘海戏金蟾"。老汉的摊子前,我果真见到了刘海,是一位额前留着刘海的女郎在买癞葡萄,她花了二十元钱,买了三枚癞葡萄。

癞葡萄的价钱,抵得上两只大西瓜了,但物以稀为贵,毕竟它要比西瓜少见。现今水果品种丰富,癞葡萄的味道既不精彩,也不出奇,吃的人不多,种的人就少,说不定哪一天就会消失在人们的视线里。大多数食物是铁打的营盘,少部分食物是流水的兵。

古代下酒菜里有癞葡萄。明人小说《金瓶梅》中,西门庆为求得房中药,置办酒宴款待胡僧,除了荤菜外,还上了一碟子癞葡萄、一碟子流心红李子,作者特意强调这是"两样艳物",影射胡僧是个酒色和尚。

打开癞葡萄的"癞皮",里面的瓤确实艳红如血,它和顶级的"牛血红"珊瑚颜色极相似,热烈奔放,温暖夺目。在癞葡萄面前,我是"好色"的,好它的好颜色,好它的好神色。

癞葡萄的瓤由一粒粒椭圆形的籽粒组成,要是把它们穿在一起,美女戴在脖子上,看上去绝对拉风,如置身在一个大型晚宴,就是"全场最靓的女神",红籽粒的"项链"贴在雪白的脖颈,仰视着美女迷人的微笑,它耀眼地刺破了混沌的夜空,天上的月亮、手中的红酒

凡尘晴好
世物幽美

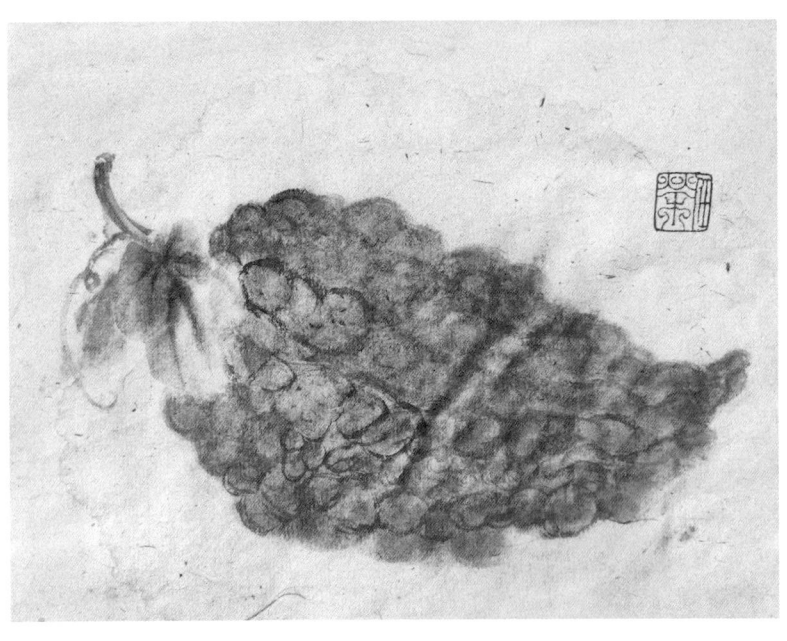

因此黯然失色。

吃癞葡萄就是吃籽粒上黏稠、软滑的"红衣",当甜味的"红衣"被舌尖"褪去",剩下的是暗黄色的种子。一个拳头大的癞葡萄,虽然果肉就那么一丁点,但却充满情趣,这很像周作人笔下的文字,全是大闲话,却"干货"满满。

温州话里面,将癞葡萄称作"红娘",不过近来人间的"红娘"同样锐减,饮食男女多跑去自由恋爱了。

盐渍海带

  海带大概是最便宜的海鲜。以前我见到自家和邻居家买盐渍海带，是一捆一捆地买。盐渍海带散发着浓重的海腥味，在离它三步远的地方就能闻到。它呈褐绿色，粗细不均的表面依附着点点盐粒，看上去像一件粗布衣裳，这件衣裳或许是一个汉子热天里劳作时所穿，饱含了劳动的结晶。

  相较鲜海带，盐渍海带要经过漂烫、日晒、盐腌的铺垫，在人工和自然的联手运作下，海带脱去了水分，延长了新鲜度，将之泡发后就可以入菜了，通常是配上冬瓜烧汤，这是我从小到大吃的最多的海带菜，家里做的多，食堂的免费汤品也有它，把它浇在米饭上，三两下一拌，再挑上一筷子雪菜，一碗饭就稀里糊涂地入了腹。

  盐渍海带让远离大海的人们得以亲近其芳泽，以前的百姓大量地吃它，并非向往大海，而是靠它补碘，以此来预防大脖子病。记得祖父生前三天两头要带我去家门口的温泉浴室洗澡，老是见到一个脖子前长着大瘤的老人，祖父悄悄告诉我，这是大脖子病，挑食吃的人就会得这个病，吓得我好一阵子不敢挑食。这个老人喜用热水烫"大脖子"，烫得红通通的他就兴奋起来，不时要吼上两嗓子，中气十足，澡堂外都能听到，有"识货"的澡客说这是学的麒麟童的唱腔。

  十多年前，我在韩国昌原一公司工作了数月，食堂所做的韩国的菜里面，很多都放洋葱。而且在海鱼烹制时还保留内脏，有一次，吃一条黄鱼时，扒到鱼肚里的肠子，里面竟还有一只小虾，这让我食欲全无。好在食堂汤品中以海带汤居多，汤里的海带口感鲜美柔嫩，佐以泡菜，马马虎虎也能果腹。但"食多无滋味"，一连吃上好几天后，觉得海带汤太腥了，闻着都恶心，最后只得在公寓煮辛拉面吃。

人的味觉很奇怪，虽然一度不爱吃海带，但偶尔吃起来还会觉得味美。夏天，我母亲会做凉拌海带丝，切丝之前把海带炖煮过，以大料和蜂蜜熬过的黄豆酱油为底料，扑点胡椒粉、浇上麻油，咸甜恰到好处，佐粥吃很香。裹上料汁的海带黏滑柔韧，酱香化解了海腥味，生出一种好闻的清新气，它可能是海底二万里的气息，纯粹澄静，未被人类开发染指。

海带、裙带菜等在唐朝被统称为"昆布"，这一名称在日文中沿用至今。但这个名字听来感觉像是古西域一种织品特产，或是金三角某毒枭的名字。

旧情怀

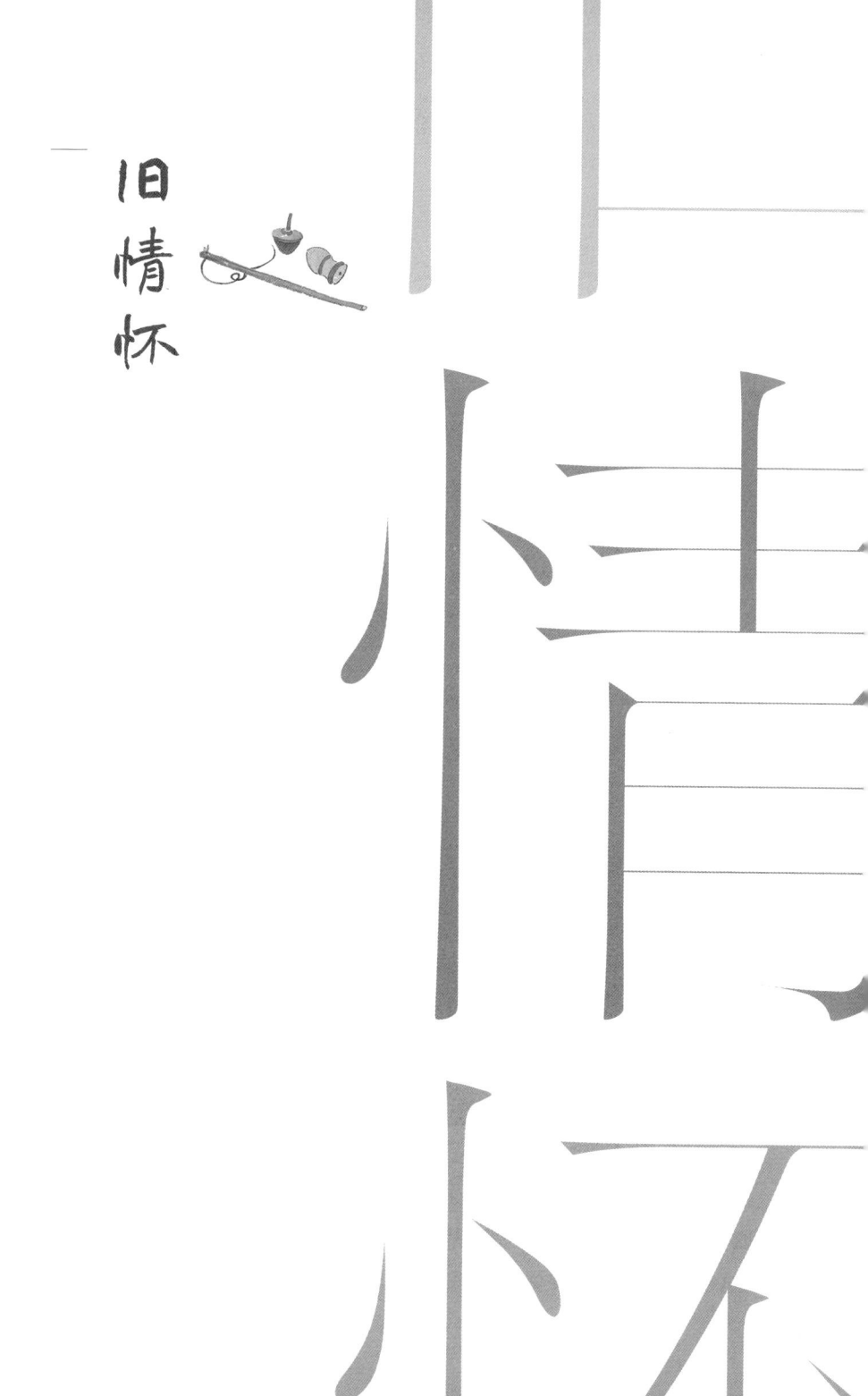

汤捂子

没有空调、取暖器、电热毯的时候，乡人在冬夜里以汤捂子取暖。汤捂子在很多地方被唤作汤婆子，但我以为汤捂子的名字比汤婆子的名字好，汤捂子的名字更实际些，汤婆子的名字易让人想到伴侣知己，但器物再好，终究无法取代鲜活的人。

汤捂子古已有之，晚清徐珂《清稗类钞》中记载，"铜锡之扁瓶盛沸水，置衾中以暖脚。"实际上汤捂子还有陶瓷材质的，我在老蒋的古玩店见过一只绿釉陶质汤捂子，因有冲线，摆了几年都没卖掉。

但铜锡的汤捂子是最多的，这是因为金属传热更快，且耐用些。甫管是陶瓷、还是铜锡材质的汤捂子，都怕摔。陶瓷的一摔，就成碎片了，用锔钉很难修补，也不划算。铜锡的要结实很多，顶多会摔出小裂纹或瘪塘，请锡匠用锡锭焊补、修整一下，花费不是很大。

捧出荸荠形的汤婆子，扭开上面旋转的圆盖，下面的孔眼上搁着一个中间有细柄的圆垫片，捏着细柄取出垫片，往孔眼里注入滚水，平放上垫片，扭紧圆盖，裹一层防烫的棉布套子（很多是破旧衣服改制），往冷冷的被窝里一放，睡觉时，双脚朝上面一贴，温暖从脚心传至全身。起床后，这汤捂子还有用处，倒出捂子里带着余温的水，用之洗脸，亦是美事一件，按宋大学士黄庭坚说法就是"颏面有余燠"。

与黄庭坚同时代的苏东坡亦为汤捂子写过说明书，他在致友人杨君素的信中写道："送暖脚铜缶一枚，每夜热汤注满，塞其口，仍以布单衾裹之，可以达旦不冷。"见字如面，当年杨君素看到暖男朋友的这封信后，心里一定也是暖意盎然。信文虽有记载，惜实物未见流

旧情怀

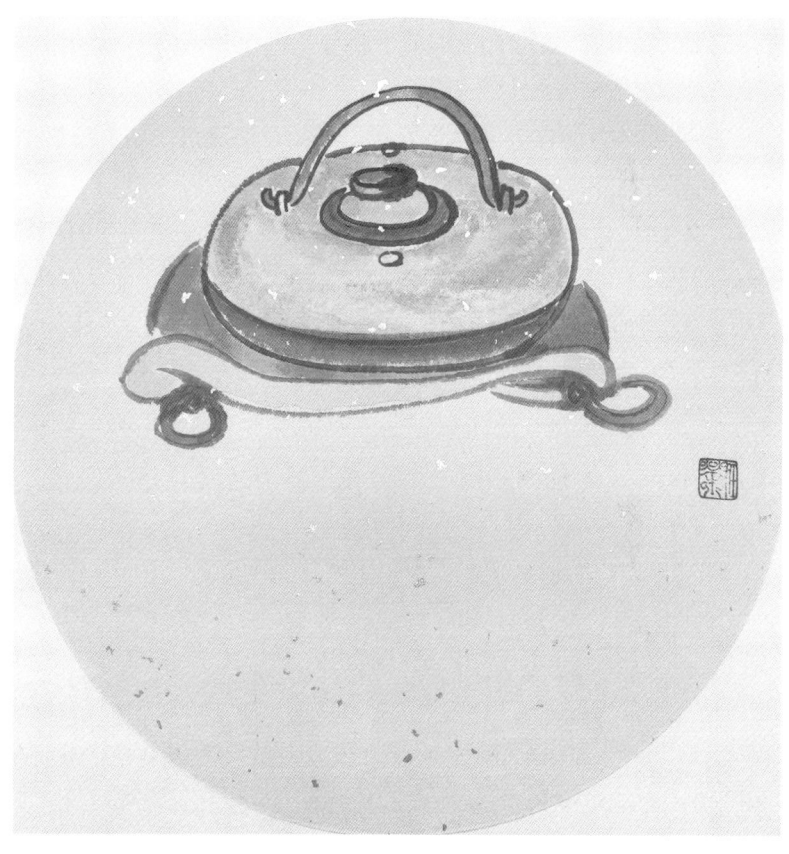

传。若能传世，可叫《暖脚帖》，这当会和苏氏的《寒食帖》一样成为国之重宝。

汤捂子在南方多见，在北方也有，我看过一个旧东北题材的电视剧，客人来了，女主人请客人坐到炕上，然后冲了一个汤捂子让客人捂手，要是在南方，则会用专门的手炉来捂手。后来有了橡胶的热水袋后，全国上下都用热水袋捂手了。

"扬州八怪"的代表人物金农在七十六岁时画过一幅《汤婆子图》，图下方题有长跋，谈到为何画此图？金农称"予受其益，制一曲称其美德"。这样的汤捂子，算得上是金农挚友郑板桥口中的"暖老温贫之具"了。

竹夫人

前几天在古玩店里看到一只晚清竹臂搁,上刻修竹图案,寥寥数笔,简练却有味,边有刻款"晓庵自置"。臂搁是明清文士用毛笔写字时搁置腕臂的用具,可减轻长期写字产生的劳累。现在流行电脑码字,臂搁已很少派上用场了。

由臂搁突然想到同是少见之物的竹夫人。竹夫人用竹篾编成,布满网眼,长条形,比成人手臂略长些。竹夫人有些像猪笼,这个原本装猪的竹笼却也是旧时的刑具,倘若家族中某女子"不贞洁",族长会将她装入猪笼,扔到河里。想到在一帮麻木不仁的族人注视下,女子绝望的眼神消失于河面,这是多么残忍的事。

我想使用过竹夫人者,看到这样的场景都会心生怜悯,因为使用竹夫人者多为知书达理的文人。竹夫人源于唐,是古代夏日里使用的一种寝具,因竹子的特性,它有解暑的效果。将它可枕在头下,作为枕头;可放脚下,作为脚垫;亦可抱入怀中,不仅去了心头燥热,更慰藉了对爱人的相思之苦,对独身在古寺或茅屋苦读的秀才来说,实在是一举两得。

在日复一日的陪伴中,竹夫人的色泽由浅黄变得红润,深入其肌理的有文人的汗水,说不定还有文人的口水、泪水。我在民间收藏馆看到过一件清代竹夫人,里面竟还有一些干花瓣,原来考究之人还会在里面塞入茉莉花、栀子花的花瓣,这类的竹夫人,也多了个"百花娘子"的雅号。搂着这样的竹夫人入眠,所做的梦大概都是香甜的。

风扇、空调的发明,使得竹夫人失去了用武之地,当然即使竹夫人的价值还在,估计用它的人也会很少。试想,去一位朋友家做客,看到他床上放着一个竹夫人，朋友说，这是我晚上陪我睡觉的用具。听了后，难免不会多想，甚至会猜测这个人是不是有些变态？

以前南方流行用竹夫人，北方并不多见，但可能山东一些地方也有，因为写《聊斋志异》的清代山东人蒲松龄在《张鸿渐》一篇中三次提到竹夫人，其中一次是狐女舜华作法，将竹夫人作为"飞行器"，载着张鸿渐回到了家，蒲松龄的奇思妙想，赋予了竹夫人新的功用。

乾隆帝南巡至扬州时，听说天宁寺方丈的一些风言风语，就问他，"你有几个妻子？"方丈说，"两个。"岂料在乾隆诧异追问之时，方丈解释说，"夏拥竹夫人，冬怀汤婆子，宁非两妻乎？"这个巧妙的回答不仅还了自身清白，更引得龙颜大悦。

取出这个典故里的"竹夫人"和"汤婆子"可组成一副对联，至于横批，可叫作"善解人意"。

手炉·脚炉

看《红楼梦》中刘姥姥初进大观园见王熙凤时,凤姐手内拿着小铜火箸儿拨手炉内的灰。这让我想到寒舍收藏的一只手炉,外表是黑色的包浆,重量接近两斤,有两只提柄,是清晚期前后的物件,其缺点是个头大了些,手炉要越小越好,小的手炉称袖炉,意思可放在古人的袖子内。

我的这只手炉是黄铜的,手炉还有白铜、红铜材质的。汪曾祺小说《徙》中受宠的妹妹用白铜手炉,姐姐用黄铜手炉,这说明了手炉当中,白铜比黄铜的贵。红铜的手炉年份则要早些,做手炉最有名者、晚明浙人张鸣岐的手炉多为红铜,张鸣岐曾为皇室打造手炉,故他留下来的手炉等同"官窑"瓷器,民间留有张鸣岐款的手炉不在少数,但几乎都是后世借托其名的作品。

手炉上有带网眼的盖子,网眼中还穿插着镂空仙鹤、松竹梅兰、寿纹等图案。取了盖子,在里面添置火炭,盖上盖子,暖烟从网眼里散出,手就放在上方取暖。许多清代宫廷剧中,嫔妃手中都会拿着手炉,手炉并非满族之物,却被广泛地使用,以点窥面,汉文化的强大同化力可见一斑。

与手炉相对应的是脚炉,脚炉和手炉形制相似,但个头大于手炉,约如一只小笼包的蒸笼。脚炉里装的是稻糠,然后再用燃着的芦柴放稻糠上做引子,等不疾不徐地烧起来,温度就有了。冬日里,常有本乡的老太太围坐在麻将桌周边玩一种长条形纸牌,这种纸牌因出自北郊桥头镇,故称"桥口纸牌",她们每人脚上都置放着一只脚炉,烘着脚,玩着牌,再闲时不当地喝口热茶,温暖有了,快乐就来了,连输牌的老太太脸上都笑出了一朵菊花。

　　脚炉盖子比手炉盖子网眼大，一般通体皆是网眼，有镂空图案的脚炉不多见，我把玩过一只有大小狮子嬉戏镂空图案的脚炉，这是"少师太保"的画意，寓意当高官，享尊位。这做工独特的脚炉应是大户人家的用物。

　　我常见古玩商故意把脚炉称作手炉，这是因为脚炉存世量大，难卖高价，炉子"手比脚贵"。其实两者还有一个重要区别就是脚炉有"脚"，它下方有一层垫脚。老脚炉在古玩店里只要百元左右就能买到，这仅体现了其旧物的价值，要是现在请人手工打一只脚炉，这价格都抵不上半天的工钱！

　　我写手炉和脚炉的时候，正是"秋老虎"肆意之时，天气热的超过了盛夏。在这季节里写取暖的器物，好似画家陈大羽在冷得牙齿发颤的1980年寒冬里画西瓜。文艺的表达没必要跟着时令走，要是有了那么多的条条框框，灵感早就被扼杀于摇篮了。

帽筒

扬州有一老头专门收藏帽筒。有一年,他看上了我的一对胭脂红山水帽筒,三番两次地和我磨,因一只有修补,我就亏本给了他。最近我在市场上又看到了这对帽筒,经打听,得知老头去世后,所藏都被儿子"三文不值二文"地卖给古玩贩子。看着旧藏,我如遇故人,但却提不起购藏的欲望了。

民谚有云"堂前无字画,不是旧人家",过去的小康之家,厅堂前必有一中堂画,画两侧为字联,而在字画前的案台上,必有香炉、烛台、花瓶、帽筒等器物。帽筒多为圆柱体,但也有六角形、四方形的,考究的帽筒上面还有镂空开窗。帽筒现在是收藏品,原先却是实用器,里面可插放画轴、拂尘、藤拍等。我曾见一长辈家中的帽筒里插放了一只苍蝇拍,这无可厚非,没有规定说帽筒里不能放苍蝇拍。萧红在《呼兰河传》里说她祖母屋子外间里"帽筒上并不挂着帽子,而插着几个孔雀翎"。画家朱丹在《画外随笔》中回忆请齐白石为《人民画报》封面画鸽子的事情,说白石老人家中案子上有两只帽筒,一只里边插着鸡毛掸子,一只里边放着一卷裁好的宣纸。由此可以说,帽筒里放什么东西没有局限,就是放一根棒槌也没什么不妥。

前年的时候,朋友老金去日本旅游,花了两万多日元,给我带回了一只在跳蚤市场淘的印花帽筒,上面有日本民居的图案,底部有"志水制造",看样子有个三五十年的历史。我把它放在书桌上,白天的时候,拉上窗帘,趁光线不亮不暗的时候打量它,觉得其有一种幽深沉静之美。这只帽筒比中国的帽筒略矮一些,我估摸是用来插花的。

帽筒盛行于晚清、民国，是常见的"嫁妆品"，嫁女儿时多会备上一对。帽筒诞生在清中期，它最初是官员用来放帽子的，相当于帽架子，清代官帽后有翎羽，将帽子挂在帽筒上不会将翎羽叠压变形。官帽在历朝历代似乎都受人尊崇，我的一个亲戚，入伍后当上了营长，他回来探亲时，一身戎装，见长辈时他先总是脱下帽子，脱帽子前，他总是用纸巾把桌子擦上几遍，直至擦得光亮可鉴后，才会把帽子放上去。

身为"王谢堂前燕"的帽筒"飞入了寻常百姓家"后，风光了一阵子，却没扎根下来，现在的人家，很少能看到帽筒了，现在想要上手看看帽筒，要么去文博机构，要么去古玩市场或藏家府上。晚辈后生很少有认识帽筒的了，它渐渐地离现代化的生活远去，成为旧光景里的标本。

除了上述的日本印花帽筒外，我还藏有一只民国粉彩渔樵耕读帽筒，其后有一条大冲线，原先的主人在上面补上了一排焗钉，密密匝匝的焗钉布满绿锈，像一条弯弯的拉链。帽筒因有瑕疵，故购价不过百余元，闲暇时，我常取出把玩，看充满喜感的人物画片，赏历经沧桑的残破瓷面，颇能勾发惜物之情。

粥罐

以前老百姓家中,少不了粥罐,听这名字易误解为是放粥的餐具,其实粥罐是用来放糖果、糕点、花生、瓜子等零食的,我们这边把"粥罐"称作"搪缸",我幼年识字那会,常写作"糖缸",因为印象里,祖母常从粥罐里面掏出花生糖、芝麻糖、炒米糖给我吃。

粥罐起源于明朝,但存留下来的粥罐以清朝、民国货居多。粥罐为圆形大肚形状,罐身为青花、粉彩、墨彩、刻瓷一类的图案,周边有四个系孔,上置一圆盖,盖顶有钮,常见的为狮子钮、寿桃钮,其中寿桃钮又名蜘桃钮,因为看上去又像一只蜘蛛趴在上面,我想这可能是当时的匠人有意为之。狮子、寿桃、蜘蛛均是民间的瑞物。

就粥罐自身而言,也有好寓意,其谐音"做官",故旧时民间需求量大。做官为尊,是国人不朽的情结,旧时所谓"志在书中",说到底就是希望通过科举考试的形式,谋得一官半职,从而凌驾于他人之上,继而富贵发达、光宗耀祖。但做官历来要小心谨慎,我所知道的一位处级干部,在下属被查后,他夜不能寐,每日早上四五点就赶到办公室,惶恐一阵后,最终还是难逃查处,此君在任上时,相信风水,把单位东墙开一门,放"紫气"进来,保自己青云直上。所以说不是砸了东墙就有"紫气",不是放了粥罐就能做官。

和多数陈设瓷一样,粥罐讲究一对,民间不仅讲究"好事成双",好物也要成双,一对粥罐的价值远超两只不同样的单只粥罐。这和椅子又略有不同,椅子是两张为对,四张为堂,八张为厅,现在存留下的一"厅"的老椅子极难看到,很上价。

粥罐的盖子易破碎,所以留下来的很多老粥罐都是缺盖的,因不完整价值也就低了，我周边的一些朋友喜欢买来种蒲草、养金鱼、装茶叶，放在台案上，自能滋生出一种雅气。小说家张恨水客居重庆期间，居住环境不佳，房屋漏雨，下雨前夕，他们一家人就预备好盆盆罐罐搬到屋漏之处，恨水先生故给房屋起了一个"待漏斋"的雅号。我以为，这盆罐之中，会有一只粥罐，随着雨水"嘀嗒、嘀嗒"落入罐中，恨水先生的脑海中会产生一个新的灵感。

　　本地"尚文斋"的博古架上摆了十多个粥罐，标价不菲，我知道其中一只粉彩桃花仕女粥罐没有本钱，是店主罗二"赢"来的，三年前，一"地皮客"和罗二喝酒，喝着喝着，两人打起赌来，"地皮客"把多瓶"牛栏山"酒倒入刚"铲"的粥罐里，说罗二把里面的酒喝光，就把粥罐送给他，喝不掉，就要花五倍的市价把粥罐买走。罗二毫无惧色，捧起粥罐，仰起头，"咕噜咕噜"一饮而尽，一旁的"地皮客"瞠目结舌，只得把粥罐拱手相送。

铜墨盒

历史学家邓之诚认为墨盒"大约始于嘉、道之际",这是学界通常的看法,但南京明代海国公吴祯墓葬中出土过一件墨盒,使墨盒的起源变得扑朔迷离,有学者认为吴祯墓中的并非墨盒,而是盛放描眉用具的盒子——黛盝,我在前人所绘的《张敞画眉图》中就看见过"黛盝",吴祯是否与张敞一样同为"宠妻狂人"?这并非没有可能。

墨盒多为铜制,以红铜、白铜为贵,有的墨盒看上去银光闪闪,宛如白铜,其实只是采用了镀铬工艺。墨盒由盒盖和底盒组成,盒盖内侧有个压条固定着的砚板,底盒可放丝绵。出去雅集的时候,可以带个墨条,兑些水,对着盒盖内的砚板磨上几下,墨汁就有了。还嫌麻烦的,就把研好的墨汁倒在底盒的丝绵中,随取随用。无论哪样,都便于携带。

铜墨盒里有一种叫作靴盒,不明就里者或误以为它是放靴子的器物,类似今天的鞋盒,想到我有一位实现"财富自由"的朋友,他对穿衣不太讲究,倒是热衷于藏鞋穿鞋,他的客厅里有一面由数百个透明亚克力鞋盒组合的"鞋墙",他每天从盒子里选鞋穿,天天不同样。

靴盒放在靴子里的"靴掖"中,靴掖之名因藏掖在靴筒里而得来,它是一种存放名帖、银票、收据等物件的小荷包,为了防止靴盒硌腿,靴盒就要设计的精致小巧,一般也就一元硬币大小。我看过一只靴盒上面刻了十多只蚂蚱,连后肢上的倒刺都清晰可辨,这种微雕的技艺令人叹为观止。

晚清的时候,我们这边有一位书法家叫张逸君,史料说他性格疏

凡尘晴好
世物幽美

放,不拘小节,常靴插毛笔,手持竹杖行走于街市,喜欢饮酒和泡澡,兴致上来时,对索字者现场挥毫赠送。我细致推敲,认为他的靴子里十有八九是藏有一只靴盒的,不是所有的公共场所都有墨汁提供。

在铜墨盒的盒盖上能领略文士风流,他们将自己的书画作品刻在上面,其中最有名的是张樾臣、姚茫父、陈寅生的墨盒,署款这三个名头的墨盒不计其数,但十有八九是新仿和"老冲头",我认识的藏友手头有一件姚茫父之子姚鉴旧藏的白铜墨盒,主图为一山石,上下有竹叶和菊花点缀,左侧落款为"花竹秀而野 茫父写",他单把墨盒的拓片拿网上拍卖,就卖了千余元,这种传承有序的真品可求不可得。

铜墨盒在以前不仅被文人自用,还被用来作为礼物馈赠亲朋,如鲁迅就送过墨盒给弟弟建人、小友阎秉初。现在的墨盒几乎没人再用了,无论是练字的小学生,还是有名的书画家,大家拿毛笔写字画画时,都习惯用现成的瓶装墨汁,倘若要是拿墨汁送人,会让人感到小气,最少再搭上个上好的端砚或一刀红星的宣纸,这样才会把面子撑足。

铜墨盒在收藏品当中不算热门,但遇到合适的墨盒,哪怕价格高些,我也愿意收藏,不管怎么说,喜欢都是无价的!

鸡毛掸子

我在《桑葚》一文中写道,"暮春之日,桑树的几个枝头上冒出绿色的棒状小花,像是袖珍版的毛掸子",文字里用来形容桑葚花的"毛掸子"确切的是指鸡毛掸子,一种很普通的清洁工具。

说普通,但现今却不常见,羊毛掸子、纤维掸子、雪尼尔掸子……各式各样的掸子纷纷涌现,取代了鸡毛掸子在除尘界一家独大的局面,鸡毛掸子风光不再,也许在某一天,它会被时光的河流冲刷到岁月深处,但打捞起来,它依然饱含生命的光泽,唤醒我们精神上的明亮。

传说鸡毛掸子是夏代君王少康发明的,他看到受伤的野鸡在地上爬行,所过之处,灰尘减少,就想到把鸡毛绑到竹条上清理灰尘,这和秦将蒙恬从野兔身上得到启发,发明毛笔的经历几乎雷同。实际上也有鸡毛笔,王羲之云"岭外少兔,以鸡毛作笔,亦妙"。书圣曰妙,但常人却难以掌握其笔性,故不如狼毫、羊毫那样普及。

生活中还有不少物件都是以动物毛发做成,如猪鬃刷、鸭绒服、驼毛被、鹅毛扇等。就是人的头发也被拿来做假发套、绣画、制发笺。发笺纸质地柔韧,尤适合写书法,发笺以高丽产的为佳,唐朝时期的发笺最珍贵。我见过几件民国发笺书法,有一件王福厂写的篆书极精,隐在纸中的发丝如水中蜉蝣,于庄严的书风中增添了几抹灵动。

鸡毛掸子的羽毛取自三年以上成年公鸡的尾毛、颈毛、背毛,分拣后以松香或糨糊一层层地粘在竹竿上,再以麻线捆扎结实,因鸡的种类不同,鸡毛掸子的颜色也就丰富起来,我家中曾有一只鸡毛掸子，乃是父亲托匠人定制，银白似雪，小年夜之前，母亲都会把鸡毛掸子绑到长竹竿上清除房顶橱顶等处的灰尘和蛛网，在一次掸尘中，竟有一只指甲盖大小的蜘蛛掉到我衣服上，长久不肯撤退，最后我借助纸巾才将它请走。

以前淘气的孩子，谈起鸡毛掸子，都要下意识地摸摸屁股，他们或多或少被父母用鸡毛掸子打过屁股。某次表弟与同学干架，把人家头打破了，舅舅拿起鸡毛掸子就打他屁股，表弟个性倔强，抢过鸡毛掸子，抓住两头，靠住膝盖，用力一掰，鸡毛掸子瞬间成为两截，几根鸡毛无助地飘落在空中，舅舅气得无话可说。多年后，我和表弟回忆这段往事时，他不好意思地笑了笑，点燃了一支香烟，香烟里飘出的烟雾，缥缈自由，无拘无束，似乎有他远去的年少时光。

倘若看到鸡毛掸子，我也许会购买一支，不作他用，只供赏玩。闲暇时，候在阳光下，安静地坐着，拨弄着掸子上暖和的羽毛，一段段温情时光从手指的缝隙中溢出，老日子始终值得怀念。

雪花膏

周日早上整理房间，从三门橱底寻出一粒赛璐璐骰子，和一般骰子不同的是，它的六个面并非点数，而是刻的上海、口岸、兴化等地名，父亲见后说这是他幼时的玩具，摇到"上海"代表最大，按父亲年龄推算，这粒骰子在我家待了近七十年了。

很长一段时间，二百多公里外的上海与我们这座小城的日子紧密相连，手表、自行车、缝纫机、照相机、铅笔、颜料、糖果、罐头、西服等用物一大半来自上海，就是年轻人出去闯荡，第一目的地必选上海，说上海滩遍地黄金有些夸大，但在乡人眼中，上海绝对是遍地机会。

各式各样的上海货当中，我最接触最多的是百雀羚牌雪花膏，蓝色的圆铁盒上，中间是商标，商标上方两鸟展翅翱翔，下方两鸟栖息枝头，均以写实手法绘就，凝练而传神。使用时，要拧开盖子，揭去里面的一层锡纸。记得还有一种友谊牌的雪花膏，白色瓷瓶，塑料绿盖，设计简洁，颇为醒目。

小时候，天天要和雪花膏碰面，这里的"碰面"是个很精确的词语，不只是看见，而且真的要触碰到脸面上。早晚洗脸后，母亲会给我抹雪花膏，有时我不太愿意，她也要强行给我抹雪花膏，按她说法，抹了雪花膏，脸上不会"皴"。母亲抹雪花膏好像也有技巧，额头抹一点，两边脸蛋抹一点，下巴抹一点，接着把脸上涂抹均匀，再抹擦手部。

雪花膏给了我童年美妙的回忆，小学五年级时，班级上来了一位实习女老师，瓜子脸，皮肤白皙，眼睛明亮传神，只要她一上课，教室里都会飘散出一股淡淡的雪花膏香味,她说话很温柔,讲课也生动,从不训斥学生,大家都很喜欢她,爱屋及乌,于是,同学间也流行起了抹雪花膏,连外号"邋遢小"、上学前很少洗脸的张同学也抹起了雪花膏,那阵子是我和他同窗六年期间,他脸上最白净的时候。

用后的雪花膏铁盒,一度被我拿来放钢锚,出去买零食或买小文具,从铁盒里取几枚即可。我还看到别人用雪花膏铁盒来放银圆,我在敬老院见过一位老人,他坐在轮椅上,虽整个人沐浴在阳光里,但脸色仍显得苍白而无血色,我见他颤颤巍巍地从怀中掏出雪花膏铁盒,打开盖子,把里面的两枚"袁大头"放在手上来回盘摸,似乎要搓出一层污泥才甘心。我至今不了解他的"袁大头"是否为真品。

雪花在冬日里还会飘荡,但雪花膏已不经常见面。几天前,我无意中看到网上竟有雪花膏在售卖,但销量远不及一些大牌护肤品。雪花膏,从生活的主角转为配角了吗?我不这么认为,在我看来,它还是一个实力派的"老戏骨"。

油纸伞

戴望舒的《雨巷》是一条很美妙的巷子,行走其中的丁香姑娘,虽无清晰的模样,却让人着迷,她手中的油纸伞,是我关注的另一个焦点,看到它,我会想到卤菜摊,多年前,逢到雨天,本地的卤菜摊都会支起一把油纸伞,悠长的卤香味无数次穿透雨帘,传入我的鼻息当中。

卤菜摊的油纸伞,比江南女子手中的油纸伞大许多,壮汉撑起它也要颇费力气,其伞柄取自杯口粗的毛竹,安插在设有圆孔槽的基座上。在伞下抬头仰望,是一片黄褐色,因色彩,我常想到了"皇天后土"这个成语,每个人都在皇天后土之间为生活努力奔跑,我们继承了祖先夸父的优秀基因,不断地在追逐心中的太阳。

油纸伞以竹为骨,油纸为面,油纸之"油"为桐油,桐树果压榨出的油汁,刷到皮纸上,成为具有防水功能的"油纸"。以往卤菜摊上不仅有油纸伞,还有摊主裁好的若干方方正正的油纸,这是专门用来包猪头肉、酱牛肉等卤味的包装,卤味的油脂浸润着油纸,油纸上映出了斑斑点点的油渍,馋嘴的孩子,最终还要把油纸来回舔上几遍。

许是生不逢时或生不逢地,我没有邂逅过撑着油纸伞的女子,就是撑着油纸伞的男子也很少见过,本地的居民,雨天多用黑布伞,雨季,于高处观望菜市场,黑压压的一片,使得原本阴沉的天气变得更为黯淡,但嘈杂声依旧,水产、蔬果、肉品混杂的气息未减半分,买卖双方的心情一直没有受天气影响,人间的烟火是雨水浇不灭的。

在江南,菜市场定然也有这样的场景,只不过是以油纸伞取代了黑布伞，风雅之地，绝对有风雅的日子。有一年雪天，我行走在杭州的西湖湖畔，走至断桥处，我想到了白素贞和许仙，民间故事里的许仙，撑着油纸伞，在江南邂逅了爱情，人蛇虽殊途，但在油纸伞下，有情人终成眷属。

文艺作品中的油纸伞，可以风花雪月，也可以激情澎湃。刘春华所绘的《毛主席去安源》油画上，天空中乌云翻滚，青年毛泽东身穿长衫，左手拳头紧握，右手挟着油纸伞，意志坚定地行走在山路上。泛红的油纸伞，像一个燃烧着的熊熊火炬，即将点燃革命的火种。

在尼龙布折叠伞横行的现在，我怀念起油纸伞，还特意去网上买了一把手工油纸伞搁家里，想趁下雨时派上用场，但好几次都没想到，所用还是折叠伞，看来，我已不由自主地受现代生活所摆布了。

闲话印章

印章并不是文人才有,像我父母同属工人阶级,早年发工资时,他们都要在工资表上盖姓名章,确认后,会计会递上纸票及钢镚若干,同时还附有一细长的纸条,上面是蓝色圆珠笔填写的薪资明细,字迹很小,视力欠佳者往往要凑到眼前细细地看。

父母的印章都是有机玻璃的,上面还有风景花鸟一类的图案,常年挂在钥匙扣上。我还见过戒面为姓名章的铜戒指,戴在手上更不易遗失了。当时发工资、取汇款、打借条都要盖印章,若是没印章,按个指印也算数,我父亲工厂有一位不识字的老季就这么取工资。

有一年笔会,我看到书画家老贾忘带印章,他就直接在画款后按了个指印,国画没印价值就会大打折扣,有的书画家会直接画印章,海上的谢之光、江苏的孙龙父都擅长此道,所画的印和盖的印区别不大。有书画家甚至会用指纹作画,如大画家溥心畬,他喜在宣纸上按下指印,周边施加点缀,组成草虫、翎毛、走兽。我看他所绘牧牛图,以指印组成牛身,毛茸茸的颇具质感,这样的作品无从作伪。

印章和书画一样,看重作者的名气,要是治印者有名,用印者有名,印章料子雕工又好,那印章就贵了。今年我在旧货摊上购得一对黄寿山石印章,雕薄意山水,卖家不识边款,我一看,知是"戴发",其人为民国东台篆刻名家,曾供职于中央印铸局,蒋介石六十生日时,戴发曾钤"百寿图"印屏为之祝寿,获蒋介石亲书"篆刻精雅"书法回赠,不料后来戴发因此事遭害,未得善终,故存世作品极少,这对印章,因有这等"捡漏"经历而更值得把玩。

印章中的闲章比姓名章贵,这是因为闲章买来还可以使用,他人的姓名章买来总不能盖到自己作品或藏书上，但有年份的名书画家字号章是有人买的，我认识的古玩贩子黄三不但经常买，还自己买来印谱找人仿制，他做这么多印章全是用来造假书画，这个行当虽有暴利，但不建议沾手，前几年，南京有几位专仿林老散之书法的高手接连西去，坊间说法是，林老命硬，能克死作伪者。

史上最喜欢盖章的皇帝是清代的乾隆，他的印章据统计至少有500余方，很多重量级书画作品上都有他的印迹，而且都是一连串的，由此可见这位帝王对宝物多么痴迷。乾隆过世后以大量金银珠宝、古玩字画陪葬，然最终还是陵墓被盗，陪葬物散失四方。乾隆自号"十全老人"，结合他身后之事来看，是多么的讽刺！

倒是吾乡的前辈藏书家戈秉直的印章让我印象深刻，他的藏书上通常只盖两三枚印，其中有一常见的印文为"留与千秋万目看"，这使我想到徐悲鸿的一枚藏画印，刻有"暂属悲鸿"四字，这两枚印章都显溢出一种洒脱！任何珍品都是过眼云烟，都是留给后世的遗产，纵然向天再借五百年，也不会永远拥有！

紫砂壶

　　我办公时所用的是紫砂杯，此杯淘自旧货市场，买时还包着牛皮纸，可见库存未使用。杯身上刻有"泰建公司成立卅周年纪念"，当是 20 世纪 80 年代的定制物。杯子购价大几十元，和新紫砂杯价格相仿，但重要的是这样的紫砂杯没有火气，能封存茶香，热天里用它泡茶，隔夜茶也不会发馊。

　　紫砂杯主要出自宜兴，主要是宜兴盛产高品质的紫砂土。宜兴的紫砂土和景德镇的高岭土一样，充实了当地的仓廪，富足了当地的百姓，我的宜兴朋友老章曾很自豪地和我说，宜兴人属于"老天赏饭"，说这话时，他刚签好了一份三百万的紫砂餐具合同。

　　明里的道理是"靠山吃山"，但"吃山"也是要有资本的！倘若宜兴没有好的匠师，做的紫砂器物粗劣不堪，且不经用，那又怎么能行销各地。宜兴紫砂器物能享誉天下数百年，靠的是日积月累的沉淀，人文的沉积，匠心的积累。

　　宜兴紫砂器有数百种之多，以紫砂壶最为得名。紫砂壶据说是明代书童供春（一名龚春）发明，他随主人吴颐山在金沙寺陪读时，向僧人学得了制壶手艺，吴颐山虽后来得中进士，继而以提学副使擢升四川参政，官做的大，名气却没有供春响亮，以致有人评述，"学宪风流久零替，世人梦想知有龚。"供春壶在当时就很珍贵，有"供春之壶，胜于金玉"之说，传世有一把供春款的茶壶，藏于故宫，见其照片，黑褐色，表面有状如树皮的疙疙瘩瘩，有专家认为是老仿，然真伪并不重要，能从上面窥见前人的艺术风骨，也能从中引发持久的学术话题，这远超了物件本身的价值。

供春之后，制壶高手喷涌而出，明清民国至现代，名头大者有时大彬、陈鸣远、陈曼生、裴石民、顾景舟等人，特别是陈曼生与紫砂艺人杨彭年、杨凤年兄妹合作的"曼生壶"，以十八种式样闻名后世，陈曼生因壶而名，他的书画作品自然水涨船高，友人荣华几年前以近三十万的价格买了陈曼生行书诗轴，挂在茶室，风雅绵延，品茗者无不要多看上几眼。

　　大名家的紫砂壶，物稀价高，常人难以染指，不光经济上不允许，眼力上更是达不到。要是想收藏紫砂壶，可买清代、民国的商品壶"试试水"，这种壶价格至少千元，其壶底往往会有圆形或方形戳记，有的干脆直接是花押、龙印、宝鼎款一类的图形。部分商品壶在紫砂表面还施了釉、加了彩，构成了釉彩紫砂壶，这种壶艳丽多彩，但我觉得较为烦琐复杂，艺术上不一定都需要加法。

　　清代、民国商品壶中最便宜的是桶壶，一般数百元就能得手。桶壶没有手柄，顶上边侧各对应两个小孔，需要自行配上铜提把。我有一只民国大桶壶，圆形牛鼻式壶盖底上的戳记霸气十足——"顶海洋桶"，大概寓意有着海洋一样的容量，验证后，果真有点意味，装下大半茶瓶的热水问题不大，同时还有很好的保温效果。

　　这类紫砂桶壶，实用性大于艺术性，在民间还有个称谓叫作"田壶"，意指昔日农人劳作时，将壶放在田埂上，歇息时，用之饮水。若把所有品类的紫砂壶比作一个家族的话，桶壶就恰似一个胖胖壮壮、憨实质朴的底层劳动者，用它泡铁观音，兰花的香头好像能积聚起来，能在颊齿间落地生根，舌面上一片明亮香润，当然这不排除是心理作用在作祟。但它在闲暇时带来的快乐，已然很令我欢喜。

不求人

整理旧物，寻出一只竹制的"不求人"，长长的柄子，顶端有五指形的爪子，颜色已变得红润，竹器物使用长了都有这自然的包浆。不求人是祖母的旧物，我不止一次看到她眯着眼用"不求人"挠背上的痒。

人的皮肤干燥，有了疙瘩就会痒，不挠一下很难受，但奈何很少有人像刘皇叔那样天生迥异，"两耳垂肩，双手过膝"，长着一对长臂猿般的手臂，能轻而易举地挠背后的痒。后背发痒，可请人帮忙挠一下，俗人这样，神仙也这样，我看过齐白石所绘的《钟馗搔背图》，图中小鬼站在钟馗背后，卖力地给钟馗挠痒，但总不得要领，钟馗气得胡子都飞起来了。画面题诗也有趣，"不在下偏搔下，不在上偏搔上。汝在皮毛外，焉能知我痛痒。"

要是有了"不求人"，钟馗何须发火？齐白石还有《钟馗搔背图》传世，画中的钟馗半褪着衣袍，拿着"不求人"挠痒，很舒坦的样子。真是"有了不求人，何必再求鬼"。

不过表现"不求人"的画作很少，二十多年来，我仅看过数幅而已。淮古阁藏有海上画家钱云鹤1930年所绘的《搔心图》，画意简单，为一小鬼手持硕大的"不求人"，右上方题款为"此扒不搔痒，专搔天下人心，人心若得刚健，何惧小鬼搔心"，题诗颇见情思。

"不求人"的历史很早，战国墓中出土过。有学者认为，明清时享有盛名的玉如意也是由"不求人"演变而来，用如意搔痒是士绅贵族的行为，身上舒坦了，心里确实也"如意"了。

昔日祖母曾在用"不求人"的时候，给我讲过一个故事，说清朝

旧情怀

065 一

一王爷是"独眼龙",某天令画师给他画"行乐图",前面的两个画师或把他双眼画的炯炯有神,或就画出他的一眼残疾,王爷很生气,随后,不甘心的他又叫来了第三个画师,当这个画师看到了王爷书房陈设的玉如意,来了主意,他在画中表现了王爷拿着"不求人",闭一只眼搔痒的情景,王爷看后大喜,重赏了这个画师。

用"不求人"挠痒是温和的,但被和"不求人"类似的一种"金刚爪"冷兵器挠一下可不好受。我在很多武侠片中看过"金刚爪",它大致有三种,一种是带柄的;一种是带链子的;一种是直接装在双手上的,都是精钢材质,看上去冷冷的。不管正派还是反派人物带着什么样的"金刚爪"出场,十有八九都是个厉害角色。

"不求人"一名颇有深意,它体现了意志行为的独立,能更好地激发自我的创造能力。明代哲人李贽说:"能自立者,必有骨也"。"不求人"提醒着我们不要丢掉自己的尊严和风骨!

笔山

昔年常州文物商店搞促销活动，我和老范驱车前往，瞧了半天，发觉所售之物折后价格依然坚挺，最后我只买了一件价格还算适中的清代洒蓝釉笔山，前几日，家人打扫时不慎将之碰落到地板上，幸运的是整体无碍，只是底侧磕掉了西瓜子大小的一块。

笔山又有笔搁、笔架之名，它的造型或如"山"字，或如山峰状。旧时文人的书桌上、县衙的公案上、账房先生的办公桌上，都少不得此物，书写暂停时，将毛笔搁在笔山的凹处，使墨汁不会污染他物。放置毛笔的文房用品还有笔架、笔床，笔架宛如袖珍衣架，横梁上有多个凸出的细棍，用好的毛笔洗净擦拭后，将笔杆顶侧的绳子挂在细棍上。笔床为长方形，上有排列的圆槽，毛笔可放卧其上，但其行世较少，偏为冷门。

古人以笔山为案头陈设，显示了对山的崇拜，"仁者乐山"一语并非空穴来风，封建帝王在山岳举行祭祀大典，官绅人士在庭院中堆砌假山，寒酸秀才置办山水盆景放在案头，隐逸的高士干脆搬到山中定居了。纵然阶层不同，然对山的情感却一贯热忱。在正史野史皆享有大名的才子祝允明，右手生有六指，他将之比喻为山，因号枝山，这个名号显然比他的本名更为响亮。

早期笔山造型丰富，接近现实形象，多者有十余座山峰组成，故可摆放多支毛笔。有部分笔山为木、石材质随形笔山，其是天然生成，造型胜于人工造设。大自然的鬼斧神工从不为迎合人类而创造，但却契合了人们情感上的共鸣。想到我手头藏有一石，为当年游历新疆时，在喀纳斯湖畔所捡，上有白纹，极似奔跑的角鹿，把它放到郁郁葱葱的蒲草丛中,似乎有李白"林深时见鹿"的诗境。

有笔山,还有笔冢,南朝智永和尚、唐代书家怀素都曾将用坏的毛笔埋于地下,号称"笔冢",这些废弃之笔,想来也是堆积如山的,称作笔山,亦不过也。笔山埋葬于地,被泥土侵蚀、腐化,直至消失,而积累在心中的丘壑却渐渐高大起来,成为一座座不朽的高山。

曾在拍卖会见到苏州大画家吴待秋旧藏珍珠灵璧石笔山,色如乌漆,声如磬玉,名家的加持,让珍品更显珍贵,故以高价落槌。记得藏友老姚手头有一件吴待秋的行书手札,这两件吴氏之物虽在旧时光里打过照面,如今却只能天各一方了。

小人书

朋友老江是藏书家,但所藏多为连环画,也就是俗称的小人书。老江所藏的小人书有很多珍品,如民国的《火烧红莲寺》、大全套的"八个样板戏"、20世纪五六十年代版的《三国演义》。曾有藏家出价数百万和老江收购这些连环画,老江犹豫再三,只转让了部分复制品。老江收藏连环画,纯粹是出于喜欢,这和当年的集邮者一样,买了1980年的猴票攒在家里,没料到它现在市价过万。

过去在我们这边街上都能看到小人书书摊,摆摊者多为老人,几块四边都有边框的木板,中间为一排排横行的木格,各类小人书就密密匝匝搁在上面,摊子一摆,自然有人光顾,现场租一本小人本也就几分钱,也有人会租回去看,那就要交押金。看小人书者并非都"小人",男女老少都有。

小人书摊已在街上消失久矣。我上初中那会,某天,看到巷头口一妇女在卖小人书,红漆斑驳的门板上面摆着百十本小人书,售价一两元,妇女说,家里老人原来是摆小人书摊子的,老人去世后,就拿出来处理了。我赶紧把这消息告诉了朋友小俊,他眼睛"尖",从里面找出了几本早期古典题材小人书,不动声色地买了下来,转手拿去花鸟市场卖了一百多元。

我书房里也有近百本小人书,其中有一部分是在废品收购站买的。我们这边开废品站的几乎都是安徽人,他们在挑选废品时,会把认为有用的书挑到一旁,按二块钱一斤的价格出售,如见到价值大些的古书、字画、小人书或票证什么的就按件卖,他们卖这些东西时往往让买家出价,但买家出价了他们又不一定卖,他们会"挡价"——

连问上好几个人。"捡漏"是很难的。

我在废品站买的小人书大多是"电影版"的——就是以电影剧照为画面的小人书，如《永不消逝的电波》《野火春风斗古城》《小兵张嘎》《地雷战》等，这种小人书大多没有绘画版的值钱，好像都是七八角钱一本买的，怎么看都不算很贵，当时很火的《体坛周报》售价还要一元五角呢。

空闲的时候，我也会拿出小人书和儿子一起翻看，"10"后的孩子，对小人书很好奇，在阅读时会提出各种问题，而且在看后，他会把小人书翘角卷边叠平整，用夹子夹好，甚至还给几本喜欢的小人书包上了书皮，这在我看来是不可想象的事情，要知道，之前我给他买过多次电子表和小闹钟，都被他拆卸搞坏了。小人书，能重拾一个人内心的平静。

作家梁晓声说："我是从小爱读小人书而感受文学熏陶的。它不但引我走上文学写作的道路，也培养了我对绘画欣赏的趣味。它给予我的心灵营养是双份的。"梁晓声的这段话，让我感到很亲切。阅读小人书的时光，总会引人怀念或期待。

拂尘

世间多尘埃，尘世一词绝非无中生有，唐代僧人惠能曰，"本来无一物，何处惹尘埃"，这到底带有理想色彩，有尘就要清理，拂尘与扫帚、鸡毛掸子、拖把、吸尘器等清洁工具类似，但如今几乎无人使用，它的"清高"与我们的凡俗日子保持着距离。

名为"拂尘"，拂尘最早却是佛教徒用来对付蝇虫的，面对蝇虫的骚扰，他们不愿意杀生，故用拂尘驱赶它们，但这是很费力的事情，因为蝇虫还会往返再来。换作我，我会点燃香茅草熏赶蝇虫，我以为，它比艾草的气味要好。夏日里，闻着香茅草的味道，喝着醇厚的普洱熟茶，出一身大汗，洗一个痛快淋漓的热水澡，一觉睡到自然醒，这可理解成精神层面上的拂尘美事。

拂尘多为道人使用，老宅附近有一清代所建的玉皇宫，我幼年时，宫中唯一的老道已是七老八十的样子，老道终年拂尘不离身，他经常把拂尘插入道袍后领，提着篮子上街置办生活用物。那拂尘须毛是一把纯白色的马尾，比老道的银白色胡子还要白亮，拂尘杆子约是黄杨木的，看上去光滑润泽，应有很长的年份。

街坊邻居很尊敬老道，原因是老道会给人治病，老辈人说早年北郊有一病患，喝多了酒在荒坟地里躺了一夜，醒来后，长时间头痛难忍，多方治疗都没有效果，老道看了看，将几味草药研磨成末，配上麻油捏了几个药丸，铺在锡纸上，用蜡烛烘烤，让病患嗅了几下，接着又拔了一根拂尘须在病患鼻孔里挠了挠，不久竟有一条小虫从鼻孔中掉出，头痛从此痊愈。老道羽化后，拂尘不知所终，据说被市博物馆收藏了。

历史剧里，常见太监手持拂尘，传圣旨时都要带着，很有仪式感。京剧《百花亭》里，伺候杨贵妃的高力士、裴力士手中都有拂尘，他们似乎用拂尘安慰了失意喝醉酒的贵妃。太监的拂尘不仅是仪仗器，还用来清理宫中器物上的灰尘，也会以拂尘来驱赶苍蝇蚊子，再高的深宫大院，都挡不住飞虫，如果太监看到有苍蝇蚊子叮咬皇帝，上前拍打会视为不敬，但坐视不管又等于渎职，这时拂尘就马马虎虎地解决了问题。

"手拿拂尘，不是凡人"，按此语解释，使用拂尘者都是高手，其实不然，器物只是给个人形象锦上添花的道具，它永远不会提升一个人的内质，就像白石老人放下常持的竹杖，他还是我们心目中可亲可敬的书画大师。

打不死

  浩月兄出了一本《世间的陀螺》，书名中的"陀螺"指的是在"生活"这根鞭子的抽打下，于不停旋转中努力保持平衡的世人。这个比喻绝佳，打陀螺是一种传统游戏，而恰恰有句话叫作"人生如戏"。

  好些地方都有陀螺，我们这边也不例外，它在我们这边被称作"打不死"，打它越狠，它就转得越欢。

  陀螺在胶东一带被叫作"懒婆娘"，这是一位山东大汉说的。形容它如好吃馋懒的婆娘，没有鞭策，它就赖着不动。父母教育我时曾说过一句歇后语，叫"算盘珠子——不拨不动"，两者的意思很接近。

  懒婆娘、打不死皆是陀螺的土名，但我还是习惯叫其打不死，这显然带有浓烈的故土情结。打不死整体是一个圆锥体的木疙瘩，上平下尖，尖头朝上摆着看，很像西方圆顶教堂的上半部分。为保持平衡度，打不死尖头会镶嵌一粒小钢珠（取自脚踏车轴承中），手执一根顶侧绑着布带的木棍抽击它，它尖头触地，使劲地旋转，当你累了，停止了运动，它就会歪倒在地上，等你再次抽它时，它又满血复活般起身。

  原来的打不死只在摊头上卖，制它售它者很多是巧木匠，他们会用把打家具剩下的边角料拿来做打不死，好一点的材料有海绵木、花梨、榨桢的。考究一些的，还要在打不死的平面上用花花绿绿的油漆画不同颜色的同心圆，和射击的靶子差不多，转的时候，红的、绿的、蓝的各种颜色交替炫动，以前的我将此想象为通往小人国迷宫的多彩之路。

凡尘晴好
世物幽美

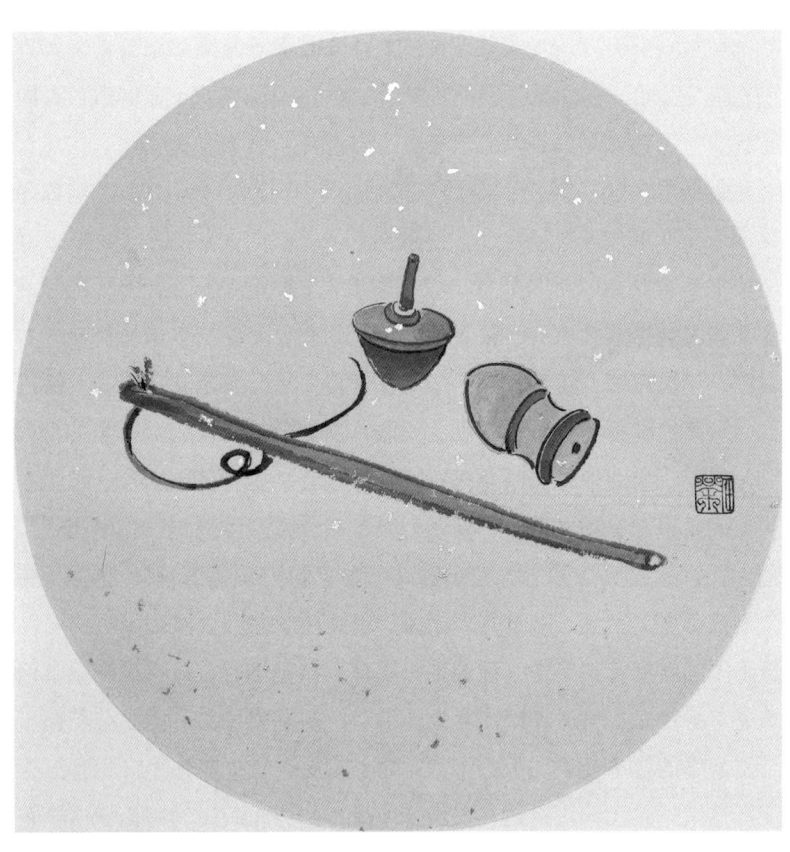

玩具品类很少的时代，打不死和沙包、铁环、毽子、洋画片、链条枪等是小孩子喜欢的物件。课间休息时，孩子们会聚在一起玩打不死，比拼一下谁玩的时间长。

在我上五六年级的时候，商店里出现了一种小糖丸，包装在一个塑料陀螺里，取下绿色的透明盖子，吃了里面的糖丸，再盖上。拧一下上方的红色手柄发条，同样可在桌上旋转，这是打不死的升级版，小孩子往往是冲着玩乐属性去买它，里面的糖丸多会和小伙伴分食。

打不死整体有古拙味，在其运动状态下，它似乎如一个大腹便便的胖子在跳舞，这就又有了一丝可爱。这让我想到了女画家徐乐乐笔下憨态可掬的古人物，同样是生活的本味，同样能带来快乐。若是脱离了生活，一切索然无味。

拨浪鼓

  有一个词语叫"纸寿千年",就是宣纸的寿命在千年左右,宋画之所以珍贵,与年代久远不无关系。宋画存世很少,但好多人都看过,宋画的复制品太多了,但模仿亦有优劣之分,复制最好的日本二玄社,前几日,我在友人家中看到二玄社印刷的一批宋画,里面有苏汉臣的《货郎图》,之前我看过相同的印刷物,但远不如这张看上去生动。货郎一人半高的小货车上,挂着琳琅满目的各种商品,一瞬间,我似乎化身为画中围着货郎的孩童,我指着车上的拨浪鼓问他卖不卖?货郎说,这是我吃饭的家伙,非卖品,倘若你家大人出得起银子,我可以考虑卖给你。我白了他两眼说,不稀罕,回头我到淘宝上买一个。

  拨浪鼓往昔多和货郎"搭配"。走街串巷的货郎挑着货担,一晃三摇地行走着,手中的拨浪鼓不停转动,随着"咚咚咚"的悦耳之声,大人小孩就被吸引过来了。货担两侧的箩筐里,放着零食糖果、针头线脑、首饰小件、锅碗瓢盆、娱乐玩具等,人们各选所需,等到顾客散去,货郎整理好货物,收拾好货款,就前往下一个地方。

  拨浪鼓由小鼓和木手柄组成,在蒙着羊皮的圆形鼓两侧,各有一顶头连着弹丸的绳索,像是邻家女孩戴银链的耳坠。转动手柄,两个弹丸就会敲击到鼓面上,从而发出响声。这市井的声音引人也勾魂,我听说有个以前有个小媳妇被这声音所迷倒,和货郎私奔了,但这种事情纯属个例,我印象里货郎很多都是五六十岁的老头子,满脸的沟沟壑壑,对女子来说,没太大的魅力。

  也不知何时起,货郎从城乡消失了,拨浪鼓"专职"成了幼童玩具,它满足了孩子对世界的探知,能促进孩子听觉和视觉的发育。拨浪鼓前身叫作"鼗",西周时期,以听觉灵敏的盲人做宫廷乐官,"鼗"是他们的重要乐器。从西周流传到如今,拨浪鼓未被历史淘汰,它有存在的价值。

在中国文字里,拨浪鼓亦被赋予了特殊定义,拨浪鼓多形容某人来回摇晃,立场不坚定,和墙头草的意思相近。还有一个经典的比喻,说"头摇得像拨浪鼓似的",很形象地表现出一个人摇头的模样。

拨浪鼓的名字,我始终不解其意,有的地方还写作波浪鼓、播郎鼓、博浪鼓。但让我感到亲切的,还是拨浪鼓的写法,"拨浪"是"拨开云雾见风浪"吗?我们的生活,的确有太多的云雾,有无限的风浪,我们甘愿在其中鼓弄,做时代的"弄潮儿"。

一 花枝俏

千山响杜鹃

下午去果愿法师的禅房喝茶，看到供案、茶台、花儿、书桌上放着好几盆红红白白的花，花朵大而繁密，以致有同行者误认为假花。了解后，方知是杜鹃。我问果师，杜鹃是否为佛教花？果师说，关系不是很大。但我觉得因果师的喜欢，杜鹃也可算是佛教花了。

果师是个虔诚的佛弟子，除潜心修佛之外，以写字作画、莳花弄草为乐。我听居士说过，果师曾因身体不适住院，医生提醒他营养不良，需吃一些肉汤补补，果师不为所动。认识果师十多年了，他一直保持着清瘦的样子，像杜鹃花一样纯粹明洁。

果师禅房的杜鹃，花朵有异，花蕊的样子却差不多，细长的花蕊，顶头是芝麻粒大小的柱头，像是瘦了一圈的火柴棒。我反复地闻，却感受不到杜鹃的气味，于是我想到了"无味即有味"这句话，因为置身禅房，有花赏，有茶品，还有果师这样的高人相伴聊天，整个环境是有味的，这味道的名字，不妨叫作"茶禅一味"。

杜鹃是大家族，成员过千，容易被忽略。有年在皖南旅游，我见满山尽是红花，在红日的映衬下，山野间铺陈着红彤彤的喜气，导游介绍说是"映山红"。直到写这篇文章前，我才了解"映山红"就是野杜鹃。相较北京香山的红叶，皖南的"映山红"花色要淡些，但耐看。我在香山买过红叶封塑后的书签，若把"映山红"往这个方向开发，做成文创礼品绝对可行。

杜鹃是花，又是鸟。杜鹃鸟喙上有红斑，古人认为是它日夜悲啼，引发满嘴流血，鸟血所滴之地，又长出了杜鹃花。古人就此联想出杜鹃是古蜀国国王杜宇所化，他逝世后心系民众疾苦，到了农忙之

花枝俏

时,以"布谷布谷"的叫声提醒人们耕种,杜鹃因此又得名"布谷鸟"。白居易《琵琶行》中有句子为"杜鹃啼血猿哀鸣",把禽兽的叫声定义贴上悲伤的标签,这只是人为强加的思想,杜鹃和猿猴叫唤时很可能是快乐的,犹如人们的欢歌笑语。

王维《送梓州李使君》诗中有"千山响杜鹃"之句,汪曾祺曾以此为题画过一张杜鹃送给同道彭匋,当时汪曾祺说,"裱一裱,层次感就出来了。"彭匋回说,"这画一裱,杜鹃准能'响'起来!"老头听了哈哈大笑。诗文和国画中的杜鹃,因这个"响"字,穿越古今,不同凡响。

梅花画谈

　　以前我外婆老宅的院子里种了一棵蜡梅,主干有胳膊粗,到了冬天,就开黄色的梅花,折下一枝,放在鼻下,真是清香怡人。这棵蜡梅有着特殊意义,它的土下,埋着我外公的骨灰。清明时,家人围着梅树"烧亡人钱",一时火光扑闪,雪纸飞舞。我和外公缘悭一面,但听母亲说,他面容清瘦,人很和善。

　　曾有朋友送我一张晚清文人宣鼎的拓片画,画中署名号"瘦梅",看到后,我立马想到了那棵蜡梅。梅树已随着老宅在拆迁中消失了,现在原地是一片仿古街区。世间的建筑就这样变换着,更替着,有时又似乎回到原点,而梅花的形象一直没有变化。

　　一棵梅树有一棵梅树的美;百棵梅树有百棵梅树的美。那年在苏州,玉雕家罗光明驱车陪我去探访"香雪海",虽已是深夜,但香雪海的一大片白梅却是耀眼的,整个天空由此有了鲜亮之色。"香雪海"是康熙重臣宋荦所起,原地名为邓尉山,我乡有一位以画梅著称的画家支振声,他在晚年的一首自述诗中提到邓尉山,为"五十余年乐不疲,惯将水墨写花枝。客来相问谁家法,邓尉山中有我师。"其中"惯将水墨写花枝"一句被剧作家沙黑改为"惯将水墨写竹枝",运用到淮剧《板桥应试》的唱词中。

　　画家画的最多的是墨梅,无需着色,传统技法绘花朵是水墨一圈,点几个浓墨点作花蕊即成。圈圈点点,很考画家的功力。墨圈中留白,因此墨梅源自现实中的白梅。另外入画的较多是红梅、绿梅,黄梅画要相对少些,稍不慎,就画俗了,如果黄梅和花瓶、鸟雀及其他花草组合一起会好很多,我看过海派老画家王个簃画的《黄梅天竹图》，天竹枝头上的累累红果搁在黄梅旁，色彩一下子就温暖起来。优秀的花鸟画家定是插花艺术家，懂得如何在画面中搭配。

近现代海上艺坛画梅最多者当属高野侯，他收藏前人梅画有五百多本，故有斋名五百本梅花精舍，他的作品十有七八为梅花，其风格清隽冷逸，疏宕遒劲，属工写一路，与老缶的大写意梅花有截然区分，好事者评曰，"吴昌硕画梅，把花放大；高野侯画梅，把花缩小"。实属不易的是，高野侯心思缜密，所作梅画绝无雷同之作，其人更颇为自负，得意之作常钤"画到梅花不让人"一印。

高野侯的高调并非过错，多元化的世间需要个性化的表达。同样是栖足海上、卖画为生的虚谷和尚，虽为五斗米折腰，但内心不愿流俗。徽商鲍紫阳送给他一方"梅雀玉带金星砚"，上刻"平生不与群芳斗，冰天雪地独自开"，虚谷见后心情愉悦，接着赋诗一首，其中有"茫茫本是知音少，自赏孤芳自写真"句。儒商鲍紫阳是懂虚谷的，他深知梅花是友人的精神图腾。旧时很多商人都如鲍紫阳这般，有操守，重情谊，"无商不奸"的说法过于片面。

梨园里亦长梅花。梨园弟子梅兰芳所绘梅花清丽风雅，花枝像他扮旦角时舞起的水袖，纤细灵动，潇洒自如，一丝一丝鲜活地来到眼前，似乎馨香味也渐浓起来。梅兰芳的梅花是轻柔瘦削的，但绝不是无力的，蜿蜒崛起，劲拔横斜的走势中，能感到一种不懈的力量。梅兰芳笔下的梅花既是他自己，亦是他扮演的花旦。

梅花入得了画，也入得了诗——古今梅花题材诗不计其数，我最欣赏的是元人王冕的《墨梅》诗，诗中"不要人夸好颜色，只留清气满乾坤"真是千古佳句，全诗不见梅花的字眼，却韵味极佳。高妙的文艺表达要有留白，让观者在想象之中，获得美的感知。

荷与莲

世人对荷、莲的定义一向不太严谨。明眼人读周敦颐的《爱莲说》，便知此文写的其实是荷花。佛典中的七莲花，以字面意思推敲，似乎是七种莲花，实际指的是两种荷花、五种睡莲。莲子、莲藕、莲蓬名中都有"莲"，却是荷身上的构件。

其实荷和莲不难区分，荷的叶子大，雨季，有牧童取之挡雨。一般的睡莲叶子却小，且有缺口，像是切取一块后的小蛋糕。有一种出自亚马孙河的王莲（听名字就很霸气）叶子却很大，上面能站小孩，但如果像我这样体重一百多斤的成年人试一下，估计会成为"落汤鸡"。

荷叶挺立水上；莲叶漂浮水面，要是池塘里同时种了荷与莲，到了七八月它们盛开的时候，能看出截然不同的两种生活态度，一奋进一躺平，一高调一内敛，孰对孰错，不好妄加评论。

荷花和莲花到了晚上会"休息"，此时荷花花瓣合拢，但属于半合半掩。睡莲则是完全闭合起来，要彻彻底底睡个踏实觉，其名也由此而来。别看睡莲昏昏沉沉，不是很振作的样子，它却能吸收水中的重金属，有净化水质的功效。要是野湖中长了许多睡莲，掬一捧湖水，闻一闻，能嗅到水的清新味儿。

但荷比莲的食用性强。荷花结的莲子水灵脆嫩，是夏季的时鲜之物。制成干果煮熟后却是粉糯酥香的口感。我祖父门口曾住着一老太太，她喜用莲子干炖糯米粥吃，开煮的时候，满街都是香味。老太活到八十又八无疾而终，最后是她侄子过来办的丧事，当时我看到花圈上的挽带，才知道老太太叫何玉莲，难怪她这么喜欢吃莲子。

藕是荷花的根茎，切开片状像圆瓦当，更像是地漏，唯颜色少了钢铁般的光芒，雪白而有光亮之色，藕片生吃很脆爽，嚼几下后，甘鲜之汁一股脑地全部流入口中，有时和朋友聊天，沏一壶茶，备一盘藕片，不知不觉，盘中就空空如也了，而茶才只喝了一泡而已。

　　提到藕，就要说到藕粉，幼时物资匮乏，对藕粉多有偏爱。以前吃藕粉，会先放凉水兑，搅拌后再加滚水，直接放滚水，藕粉会凝结成一块块的疙瘩，用筷子捣开后，会看到内里还是夹生的，现在有藕粉能直接用热水冲了吃。这中间为何省略了一个步骤？我弄不明白。

　　睡莲虽不及荷频繁地出现在人们的饮食当中，但其根茎可以用来酿酒。有一种叫作莲花白的名酒似乎和睡莲有些关联，但它实际上却是以高粱为主料酿成的。这世上存在许多美丽的误会！

打碗花

我上小学时,学过一篇《打碗碗花》的课文,文中的外婆让作者别摘打碗花,谁摘了就会打破碗。作者试摘了一朵藏在衣兜里,结果吃饭时碗并没打破。常言道"真金还需火来炼",是真理还是谬论,一经检验后自然就会有答案。

一朵花与一只碗看似不搭界,但摘了打碗花的孩子,内心肯定忐忑不安。现在孩子要是把碗打破了,大人多半不会去打孩子,反而会说"岁岁(碎碎)平安"的话来安慰孩子。放在旧年月里,碗却是金贵之物,破碗要请锔瓷匠人用锔钉修补。打锔钉前,要用金刚钻在碗的表面打上用以固定的小眼,俗话"没有金刚钻,别揽瓷器活"说的就是这档事。

我看很多出土的古瓷碗残片,碗底有"二房""任家""恽氏自置"一类的款识,其中我还看到宋代耀州窑瓷碗上竟有"王八"两字!这其实并非脏话,而是王家老八专用的碗。这些带款的瓷碗的残片有的字是烧制上去的,应是大户人家所为;有的是墨书或镌刻的,应是平民百姓所为。以前办宴席时,可向亲戚好友借碗,有了这些款,还碗时不会搞混了。

以前我常看到打碗花,旧居门口住着一位"拾光"(捡废品)的老太太,她在家对面空地上用青砖围起一圈墙、盖上石棉瓦作为放废品的仓库。也不知何时,沿着青砖的藤蔓上生出了许多花儿,父亲告诉我这是"打碗花"。打碗花的身姿颇有特点,淡粉色的花瓣呈不规则五边形,花心处有点泛黄,白色花蕊从中伸出来。这打碗花虽在野外经受了苦寒,却未沾染风尘气、狂野气,反倒有邻家小妹般的清纯，瞟上一眼，顿觉心情亮堂堂的。

在打碗花旁，我和父亲还经历了好运。一次，我们在看打碗花时，"拾光"老太太跑过来，要把觅到的一枚生肖八卦花钱卖给父亲，最终以一元五毛钱成交。这枚黄亮亮的清代花钱至今还藏在家里，价格已翻了七八百倍。这是1990年前后的事情。

我采过打碗花，也挖过打碗花，在挖打碗花时，我还挖出过土里藏匿的"地老虎"，这是一种和蚕很相似的虫子，颜色泛灰，喜寄生在打碗花根部，吸食打碗花根茎汁液为生。"地老虎"看上去肥肥嫩嫩，慢腾腾地挪动着，别看它样子慵懒，却能化为蛾子飞起来，它真是"吃着碗里，想着天上"。

打碗花的根茎虫子能吃，人也能吃，连同它的叶片、花朵都可入菜。不过我们这边却没人食用，但是我看过有邻人用打碗花治牙痛，把打碗花根茎捣烂敷到牙痛处，紧紧咬合，反复几次，疼痛大为缓解。这个治疗是什么原理，没人说过。我猜是因为打碗花根茎有微毒，大概取"以毒攻毒"之意。

打碗花古名为"葍"，《诗经》中《小雅·我行其野》有"言采其葍"句，作者是一位被丈夫抛弃的女子，她行走在荒野，借葍等植物，表达自己的悲愤。诗中另还有"蔽芾其樗""言采其蓫"之句，其中的樗、蓫分别是臭椿、羊蹄菜。这当中的羊蹄菜我没见过，有机会一定要去认识它，多了解一些草木是有好处的。杂学旁收，对人生大有裨益。

打碗花因名字而不讨喜。但"打碗"对有志者来说，不失为一种思想上的解放。我的朋友王总，原是大型国企中层干部，待遇丰厚。后来他却打破"铁饭碗"，辞职办厂，几经辛苦，拼出了一番大事业。我想等他过六十大寿时，我去采一束打碗花送他，以表敬佩。

玫瑰玫瑰

好多以旧上海为背景的影视剧里，里面不乏歌舞厅场景，演歌女的演员唱的最多就是《夜上海》《玫瑰玫瑰我爱你》这两首歌曲。前段时间看到一个相关的电影，歌女唱完《玫瑰玫瑰我爱你》，回到寓所后，竟在撒满玫瑰花瓣的浴缸里泡澡，在这七八秒的香艳片段中，女演员只露出了胳膊和腿脚，而玫瑰倒是抢戏不少。

女人多半喜欢玫瑰。张小娴小说《红颜露水》里的女主角邢露，就是个典型的"玫瑰控"，她每天要在水瓶里放一束玫瑰；喝酒只喝玫瑰香槟；想把自己工作的咖啡店橘黄色的墙壁刷成玫瑰红色。张爱玲在小说《红玫瑰与白玫瑰》中，更将两位不同性格的女性比作两种颜色的玫瑰。大观园里的贾公子宝玉说女人是水做的，而我以为，女人也可能是玫瑰托生的。

我七八岁的时候，常去舅爷家玩，舅爷门口住着一周老太，她在门口用青红砖头搭了一个花圃，里面种着玫瑰，有一次我曾趁她不在家，偷采玫瑰花儿，却不小心被花刺扎破了手指头，后来她也没发现什么，有几次我看到她也采玫瑰，她把摘下的玫瑰插到自己的黑绒帽上。周老太除了三伏天不戴帽子，其他时候都戴帽子。印象最深的是她帽子上系着个翡翠帽正，阳光一照，翠色欲滴，耀眼夺目。

戴花不是女人的"专利"。梁山好汉蔡庆就喜戴花，他的外号"一枝花"据此而来。蔡庆戴的是什么花，《水浒》里没有交代，有可能是仿真花，也有可能是牡丹、月季、玫瑰等。不过是玫瑰的可能性要小一些，时人张翊《花经》将花卉分为九品九命，玫瑰仅定为七品三命，不为人所看重。

风水轮流转，在当今世界十大名花的几次评选中，玫瑰都占得了一席之地。在朋友送我的一袋兰州特产"三炮台"茶中，深红色的干玫瑰在葡萄干、荔枝干、冰糖、茶叶、菊花等当中，仍能显眼地占据主位。滚水冲泡后，入口甜润有回甘。朋友告诉我，"三炮台"里的玫瑰是兰州西部苦水镇所产，苦水镇因当地河中河水曾经苦涩而得名。"苦水"和"玫瑰"放在一起，体现了辩证关系，有苦尽甘来的意味。

明式家具中，有一种玫瑰椅，其靠背矮，座位宽，富有简练之美。玫瑰椅不但供闺秀女史使用，文人雅集时也将之作为坐具。常见的明代玫瑰椅多为黄花梨木或铁梨木材质，耗巨资而不可得。本地容园藏有新工玫瑰椅一对，为主人请老匠人用老柞榛木仿制，竟也花费不菲，想不到和"玫瑰"沾边的椅子竟如此值钱！

关于桃花

前不久给画家孙洪的画展写前言,写之前,反复看了看孙洪的山水,他的很多山水画中有粉色的桃花。孙洪是赋色高手,所以笔下的桃花看起来清媚柔和。而我之前总认为桃花是俗气的,在抄《诗经》的句子时,常将"逃之夭夭"写成"桃之妖妖",这并非对古文不熟,而是我潜意识里的认知。

现在想来,我是俗眼看桃花,所以桃花会变俗。唐诗《题都城南庄》两处提到桃花,分别是"人面桃花相映红""桃花依旧笑春风"。前一处写出了少女的妩媚;后一处写出了桃花的潇洒气和坦荡劲,易让人想到枝头上的桃花在风中舞动的画面。这首凄美的爱情诗赋予了桃花新的寓意,作者崔护亦凭借此诗青史留名。

在春天所开的花当中,桃花色彩是比较丰富的,有红、白、粉红等色,桃花花梗很短,紧靠枝干,这大概是它有资格"笑春风"而不至被吹落的原因。由桃花想到桃子,这是有着长寿象征的水果,但结果的桃树所开之花是单瓣的,层次感不如重瓣的观赏桃花,它们一是物质果实,一是精神食粮,分工明确,各有千秋。

文学作品中有几个桃花渲染的名场所。如《三国演义》刘关张结拜的桃园,此情节虽是春秋笔法,但却是千古传颂;如陶渊明想象出的桃花源,里面的男女老少幸福快乐,堪为人间仙境;再如姑苏的桃花坞中的桃花庵,乐在其中的唐伯虎自号"桃花仙",这位仙家不仅折桃花,还点秋香,留下一箩筐的风流韵事,任人评说。

因有桃花仙、桃花庵和桃花坞,苏州生动而鲜活。"桃花"这个文化符号,在江南的版图上浮现,清丽而充满诗意地隐居在善本、书

凡尘晴好
世物幽美

画当中。古句有"江南杏花春雨",仿照此格式,我想出一句"姑苏桃花春风",算不上押韵,但能概括我对苏州的一些印象。

我在友人申记者家喝过桃花茶。他是个雅士,沾他的光,我还吃过他做的荷叶粥、槐花饼。桃花茶喝起来有桃子的香,但回味不是很足。桃花泡茶后味道只能说是淡淡的,如果非要说清楚桃花的味道,那应是惆怅之味。《秋灯琐忆》中秋芙用桃花瓣砌成字样,被狂风吹散后,她不禁怅然;《红楼梦》里林黛玉把落下的桃花埋葬起来,她的心情是忧伤的。多愁善感是古代很多女子的通病,而"倚风娇无力"的女子偏偏符合时人的审美,从传世的明清仕女画中能看出这个问题。

戏曲中最有名的扇子是《桃花扇》,这部作品出自清初孔尚任。广泛的说法说孔尚任《桃花扇》初稿是在吾乡泰州完成的,当时孔尚任来泰担任治水的官员,起初春风得意,后却因官场争斗被降职处理,落脚到破败的陈庵内居住。从天上落到地下的他感慨万千,于是"借离合之情,写兴亡之感",写作《桃花扇》。很多时候身处逆境,老天会"降大任于斯人也!"

绣球花

　　绣球花显示的是群芳之美。若干单层的四瓣花组成了硕大的花团，多个花团又在一个枝干上赶集似的开着，典型的花团锦簇。凑到一起簇簇盛开的还有紫薇花，但紫薇花是碎碎的，乱作一团，绣球远比它规整。

　　花与花之间的紧密，花团与花团之间的靠近，凝聚了绣球花的力量。有清风吹过时，绣球只是微微地动了动身，风儿有时撼不动它。

　　我初以为绣球花只有白紫黄三色，后来在花卉市场又看到了红色、粉色、绿色、蓝色等好几种颜色的绣球花。种在花盆里的绣球花地盘局限，花开得虽热闹，却不像花坛内的绣球花有气势。我家门口小公园的步行道旁起先种着一片绣球花，可没多久，不是被拔出，就是被挖走。工作人员补种了几次，依然如此。后来工作人员索性种上了瓜子黄杨，从此再没丢过。没了绣球花陪伴，如今我在这条道上跑步时，总觉得要比之前累很多。

　　《广群芳谱》中形容绣球花"百花成朵，团圞如毬"。故绣球花有古名曰"绣毬"。"毬"是一种皮球，《水浒传》中有讽刺高俅的诗句"抬举高俅毬气力，全凭手脚会当权"。一个泼皮无赖能平步青云，"毬"玩得好是一方面，更主要的是他运气好。

　　具有传奇色彩的抛绣球招亲也有一定运气成分。《西游记》中唐僧的父亲陈光蕊就是被宰相殷开山之女殷温娇绣球抛中，成就了一段姻缘。旧时婚姻多是"父母之命，媒妁之言"，双方没有自主权。抛绣球、比武等方式招亲虽存在不确定因素，但相对要开明很多。

　　由绣球花延伸出这两种古物件，并非我联想力丰富，而是中国文化的博大精深。绣球花没什么香气,引人之处在于它靓丽养眼的花朵,古今文人都喜欢它。朋友荆歌不久前在微信朋友圈发了一张家中的图片,上面的青花花觚内插着他采的绣球花。费老看到后,提醒绣球花不可放室内。我搜索资料,才知费老所言不虚,绣球花有毒,不适合装点家居。

我房子里倒有绣球花,搁家中多年,相安无事。那是一只晚清浅绛彩的压手杯,上绘一枝黄色的绣球花,其枝头上伫立着一只绿身白腹的绣眼鸟,"双绣"的组合清丽灵动,雅致可观。杯上落款者喻春为瓷绘名家,字子良,堂名裕德堂,以浅绛彩山水、花鸟及粉彩人物见长。

灿灿油菜花

油菜花是别样的花,它极普通。除了菜田,在乡间的路边、屋旁、田畔,亦能见到三三两两的油菜花。一次,因修理太阳能热水器,我陪师傅爬上了楼房的平顶上,竟也看到了缝隙里冒出的一株油菜花,它是如何攀登到高楼上的?也许借助了鸟雀的粪便。

油菜花常以势取胜,油菜花主干两边有一层层的枝杈,靠上的枝杈上都有着单瓣的小花,一朵看似单调,但一朵朵的就热闹起来了。油菜花明黄的颜色,与故宫收藏的龙袍主色相似,这样的富贵色,在其他花卉身上是见不到的。

北郊水乡,垛田多见。垛田是高于水面的块状田地,有大有小,有长有方,到了春天,垛田上的油菜花齐整地开放,暖阳的抚照,让天地间显示出灿灿金黄,形成了"千垛菜花"的景观,游人穿梭在垛田上,有人停下脚步,抚摸着油菜花的娇颜;还有人取出手机,定格下油菜花的倩影,不远处的菜花丛中,两三只白鹭从金黄色的梦中惊醒,忽地飞起。

油菜花的香味,很淡,努着鼻子闻,才闻到一点儿。但蜜蜂、蝴蝶似乎比人要敏感,风和日丽之时,它们就会在菜花周边轻盈蹁跹,这般景色曾让沈三白陶醉,他与友人团坐在柳树下,对着菜花,品热茶,喝暖酒,烹煮菜肴。这和后世汪曾祺所言的"请和我门口的花坐一会儿"多少有些相似。

花热烈地开着,人安静地坐着,清风徐来,花香、草木香、泥土香在风中流动,吹散了万般俗事,内心由此轻盈而恬淡。在曼妙清新的日子里,油菜花主演了一场岁月静好的花田喜事。

油菜花是油菜生命中的浪花，当浪花褪去，一粒粒灰褐色的小籽就横空出世了，它如蚕籽般毫不起眼，很难把它与高挑的油菜联系到一块。生命里的力量无法言说，自然的美丽是成长中的逐渐积累，灰姑娘的蜕变靠的是自我努力，而非后天拔苗助长式的整容。

宋人杨万里有诗句"儿童急走追黄蝶，飞入菜花无处寻"，每一处菜花丛，都是一个广袤的世界，它庇护了众多的生灵，它唤醒了我们对美的感知。

栀子花香

清晨走进公园,闻到一阵浓香,循着香味,见花圃内的栀子花开了。栀子花的叶片油绿鲜亮,花苞是浅绿色的,也仿若油润过的。枝头上的栀子花却是素白的,有如大家闺秀的白手帕,可在上面题字。若让我题的话,我就会写"好花风流"四字。

栀子花的香是在风中流动的,风儿记住了它的香,岁月里飘散着它的香。祖母在世前,只要一到六七月栀子花开花时,就会采摘上几朵花儿挂在蚊帐里。夏天的晚上,祖母会轻摇着蒲扇哄我入睡,随着祖母不疾不徐地摇动,栀子花的香风在周边环绕。我看看慈祥的祖母,再抬头数天窗外漆黑天空上装点的星星,虽统计不出具体数量,但觉得它们特别晶莹透亮。

栀子花的香,入了鼻息后,朝手掌心喷两口气,手上都是花香。即使经雨水浇淋,栀子花的香依然浓得化不开。女作家宗璞说,六月的西湖,空气中,弥漫了经了雨的栀子花的甜香。栀子花的"甜",是甜媚的气韵,是甜蜜的味道。初夏的时候,把栀子花撕成小片,水煮后,添上蜂蜜,放冰箱里冷藏。结束一天的劳作后,取出饮用,暑热迅疾地从脚板挥散而去,整个空气似乎都是冰凉清甜的,生活的辛酸和劳累被栀子花水轻描淡写地抚平。

好多年前,在街头能看到卖栀子花和玉兰花的老太太,竹篮里,铺着一块毛巾,上面放着花儿,花儿的枝梗上,都穿系着细细的铅丝。女子买一朵,别在衣襟上,或插到发间,馨香便一路播撒了下来。买花人中,不乏白发如雪的阿爷,这花是送给爱人?还是送给女儿?或是送给小孙女儿?答案无从得知。但因这栀子花和玉兰花,人间有了更深的爱意。

　　栀子花开得大大咧咧，没心没肺地从初夏开到中秋。它从不挑生长的地方，我在乡下的茅房边，就看过一丛栀子花，不修边幅地绽放，花儿竟有碗口大。有栀子花的点缀，茅房外观的格调提升了好几个档次，似乎成为魏晋高士的草庐，可弹素琴，可阅金经，想要解手只能另选他地了。

茉莉花事

初夏的时候，茉莉花登场了。艳阳一晒，骤雨一浇，它就张开了花瓣，它的花很小，却极白，也因这白，它与白兰花、栀子花合称为"夏花三白"。

三白这个名称，让我想到了清人沈三白，他与爱妻芸娘的生活中，亦能见到茉莉花。一次芸娘将茉莉花插压两鬓，沈三白闻之浓香扑鼻，夸赞胜过佛手香橼。芸娘却说，佛手乃香中君子，香在有意无意间；茉莉是花中小人，须借人助力散香，它的香像献媚奉承。沈三白觉得奇怪，问那你头戴茉莉，岂不是远君子而近小人？芸娘逗他，我是笑你这样的君子，却爱我这样的小人。

芸娘头戴心仪的茉莉，却和夫君戏贬茉莉，这反映了她古灵精怪的性格。诚如林语堂之言，芸娘是"中国文学史上最可爱的女人"。我想恋爱中的人们可以去看看沈三白的《浮生六记》，去认识一下芸娘和沈三白，感受他们散发温润暖意的爱情。

茉莉花的香很直白，刚形成花苞时，它的香味就窜出来了，闻着闻着，很舒服，能让人上瘾。我们这里的老澡堂子，都免费供应茉莉花茶。澡客泡完澡，跑堂的给他用热手巾擦好全身后，随之就会递上泡好的茉莉花茶，喝上两口，香味直朝澡客的热身子上扑，淌出的汗似乎都有茉莉香。

澡堂的茉莉花茶，是茶叶店里的下脚货，用茶叶梗子、茶叶碎片和干茉莉一起窨制而成。其泡出来的茶水汤色浓，很止渴。喝茉莉花茶和泡澡堂一样没有等级之分，我看邻居中拉煤车的赵老五和市政府的季科长都是同泡一池水，同饮一铫茶。

茉莉花分为单瓣、双瓣、多瓣。单瓣的茉莉花香味最浓，经我观察，茉莉花茶所用的是单瓣茉莉。多瓣的茉莉当中有一种虎头茉莉，因花苞形似虎头而得名。不过我觉得它也像淮扬名菜狮子头，叫它狮子头茉莉似乎色香味更全了。

茉莉花的美亦是音乐之美。江苏民歌《茉莉花》广为流传，这首歌最大的特色是质朴，"好一朵美丽的茉莉花，芬芳美丽满枝桠"的歌词易让人记住。凡是打动人心的语言，都是朴素而又深刻的。

宋人江奎在诗中认为茉莉花"可列人间第一香"，这难免不带有主观意识，但文学就要有自己的感觉、想象、认知。一味地"人云亦云"那有什么意思！

金银花开

陪几位老师探访古民居，路过一陋巷，闻到了一阵花香。"是金银花。"同行的一位老师用手指向了右边。一棵花叶茂盛，附墙攀长的植物呈现眼前。我饶有兴致地上前观察，金银花的花儿很像尚未绽放的烟花，细细的一根长棒，顶侧微微绽开着，伸出宛如丝线的花蕊。花苞形如玉簪，绿白相间，上有细密的绒毛。斑驳的青砖墙有了金银花的陪伴，砖块上有了世俗的温暖，甚至连砖头缝隙间的糯米灰浆也倾洒出乳白色的光辉。

我伸出头，闭着眼，皱皱鼻子，反复闻着金银花的香。它的香，很浓烈，沾到头发上，飘入鼻息，染到了唇间。恍惚中，觉得自己进入了鲜花谷，陶醉中不能移步，慢慢地又成为一棵大的花树，蜜蜂、蝴蝶在身旁或驻足，或起舞，时间似乎停止了流逝，周边好像安静了下来，日子变得清幽芬芳。

此前我不识自然界的金银花，只是用过金银花花露水，喝过金银花口服液，见过汪曾祺 1984 年画的《金银花》，款识中有几句颇有味道，"故园有金银花一株，自我记事，从不开花，小时不知此为何种植物。一年夏，忽开繁花，令人惊骇……"沉睡在童年的小事，被花甲之年后的汪老夫子想起，并用图文的形式记录了下来。老夫子故乡的金银花，就这样被定格在夕阳的余晖里。

金银花因藤坚韧，叶常绿，寒冬季节也不凋零的特性，金银花还有别名"忍冬"。我想起朋友曾在网上发过清光绪忍冬纹青花盘的图片，遂又搜寻看了看。这个被朋友当作"传家宝"的盘子中心是一束忍冬纹，缠绕间组成了一个不规则圆形。艺术化的忍冬纹和现实中的

花枝俏

忍冬形象大相径庭。不同朝代的忍冬纹样式也不相同。

黄白的花色,让金银花得名。清人蔡淳写过《金银花》诗,诗有"金银赚尽世人忙,花发金银满架香"之句,写的是花,实际谈的是人生之理。在为物质奔波的过程中,总要牺牲舍弃很多乐趣。古语虽言"君子爱财,取之有道",但在这"道"上,累了就要歇脚,毕竟沿途还有金银花这类的风景可供我们欣赏。

紫气长来

小城杜家巷，巷口有古紫藤，传为宋代查丞相手植。因紫藤，人们更习惯将此处称作紫藤街。古紫藤被周边居民以木架撑起，蜿蜒遒劲，横跨小巷。二十多年前，建购物广场时，紫藤被移入公园，换了地方的紫藤蜷缩于角落，已无往日生机，让知晓之人扼腕叹息。

小城不乏紫藤，但古紫藤就这么一株，可见珍贵。树龄长的紫藤，枝干粗壮盘曲，仿佛苍龙从地平线上升腾。紫藤的生长不按常理出牌，如旁边有其他树木，它亦能攀附其上。春日里，紫藤绿叶婆娑，繁花披挂，高处看如紫云，远处观像风铃。紫藤花与丁香花颇相似，我以为它们最大的区别是姿态不同，紫藤花是一串串的，丁香花是一簇簇的。

紫藤别名藤萝，它的花可食用。作家邓云乡老写藤萝饼，说馅心以"鲜藤萝花为主，和以熬稀的好白糖、蜂蜜，再加以果料松子仁、青丝、红丝等制成"。某次在北京，朋友招待我吃下午茶，茶点中有一道甜酥饼，吃了半天我不知何馅，问后才知是向往多时的藤萝饼，只不过其馅没有邓老所言的那么多配料。那天是在五星级酒店吃的藤萝饼，边上还有一美女在弹奏钢琴，按理说环境很好，但我觉得如果换到紫藤花架下吃这道点心，必会更有情趣。

朋友阿君画紫藤多年，他出道时只写书法，也不知哪天起，他突然画起了紫藤。紫藤画里大小粗细的线条，浓淡枯湿的笔墨，皆与草书行书楷书相连，很好地说明了书画同源的道理。阿君的紫藤画鲜有佳作，并非实力不济，而是他常酒后作画，喝了酒，他画起画来就会随意，一随意，笔墨就驾驭不住了。阿君喜在酒后作画是因为他崇拜画家傅抱石，傅抱石喜在微醺状态中作画，并刻有一闲章"往往醉后"。但艺术是模仿不来的，痛定思痛的阿君最近戒酒了，这对他来说是个好事。

诗人车前子同样是绘画好手。昔日他随吴门画家张继馨习艺，一次，拿紫藤画给张继馨指点，老头很不客气地指出，像裤腰带。这个评价很生动，国画的确要有精神气，决不能松松垮垮。

紫藤花能从春天开到夏天，有时到了穿汗衫、摇蒲扇的时候，还能看到紫藤花精神地开着。古代把紫藤寓意为"紫气东来"，其实把它叫作"紫气长来"，倒是更贴切了。

水仙记

以往冬日里,街上常有挑担卖水仙者,近年来已不多见,买水仙只能去花鸟市场。水仙花很少有卖成品花的,多数卖其种球,十数枚摊在蛇皮袋上,任人挑选。

买回的水仙种球去皮、修根(可请卖家代劳),放盆钵内,以卵石压住,注入水,放在通风之处,时不时让它照一照太阳,不经意间,它就开花了。水仙花分单瓣和重瓣两种,芳名分别为金盏银台、玉玲珑,两个名字皆有风雅气,放唐诗宋词里,可成为整个篇章中的词眼。

水仙之名,按明代李时珍解释是"此物宜卑湿处,不可缺水,故名水仙"。水仙是以水吸收养分,而多数花卉是靠土培植,即便莲荷等水生植物,也要靠水底淤泥生存,宋人周敦颐称赞莲荷"出淤泥而不染",水仙似乎更高妙了一些,它从头至尾不染尘泥。细细想来,它与唐僧惠能《菩提偈》中"本来无一物,何处惹尘埃"有着些许契合,显现出一种禅理。

水仙花虽非本土植物,但很早就进入人们视野,它在唐代从海外引入,伴随着水仙种植的流行,水仙盆也应运而生。传世水仙盆以宋汝窑瓷最为珍贵,可见仅为六只。汝窑在北宋晚期被钦定为官窑,烧制不久即毁于战火,汝窑釉色青中泛蓝、蓝中泛青,有"雨过天青"之誉。古语道,"纵有家财万贯,不如汝瓷一片",哪怕是一小块汝窑瓷片,也极珍贵。

水仙盆在画中不多见,我看过百十张前人所绘水仙画,大多数都是表现的水仙自由生长的情形。只有在少量的《清供图》里,能看到水仙种于盆中。这一现象似乎反映了绘者心中的无拘无束。只有心灵上的自由,才能探索到无限的空间,艺术如此,科学亦然。

我家种过几次水仙,皆为漳州友人赠予,有一年过年期间,恰逢水仙开花,一时馨香满屋,拜年的亲友进门无不夸赞,闻着花香,所有人的心情都变得很好。祖父说,以前水仙紧俏,年前买不到时,就以抽出绿叶的蒜头代替,春节时放在家中亦能增添亮色,这样的旧时光想来真是朴素恬淡。

我曾按别人教的方法,在养水仙的水中撒上味精,结果水仙疯长得无法收拾,冒得很高的叶片看上去蔫头蔫脑,失去了欣赏的美感。所以做什么事都不可急功近利也!

菊香

依我所看,"菊香"一词可写作"秋香"。秋天主要是植物结果的时候,成语"春华秋实"说的就是这个道理。秋天所开的花卉不多,具有代表性的是菊花和桂花,两者都是泡茶泡酒的佳物。相对桂花的香,菊花的香虽不浓烈,但有一股药味,如此看来,"菊香"也是"药香"。

人对药有忌讳,对菊花却多有偏爱。历史上最有名气的爱菊者,要算陶渊明,他"采菊东篱下,悠然见南山"的理想生活从未过时,现今生活条件虽大为改观,但仍有无数人向往。我熟悉的一位外地作家,靠写网文挣得千万资产,前几年封笔,到深山定居下来,连微信名也改为了"采菊东篱"。菊花因陶渊明的喜爱,得了一个"花中隐士"的封号,而陶渊明因对菊花的情有独钟,与王羲之爱鹅、周敦颐爱莲、林和靖爱梅鹤等组成了传统艺术中的"四爱图",我曾上手过一只晚清粉彩四爱图棕式瓶,瓶子四方,各绘"一爱"。

菊花花瓣有平面、管状、卷曲状等形态,有红、黄、白、粉、绿、紫等颜色。常人见了菊花,不一定能说出品种,但肯定知道是菊花,其花瓣像细丝条,不难认。菊花有上千种之多,1960年发行了一套《菊花》邮票,如能认全这套邮票上的18个菊花品种,就很不简单了。

菊香常和蟹香一起出现。菊花亮相之际,也是螃蟹上市之时。故国画家喜作"菊黄蟹肥图",很多画家喜用红彤彤的螃蟹和黄色菊花搭配,这显然是蒸熟的螃蟹,一边吃蟹一边赏菊倒蛮有诗意。作"菊黄蟹肥图"多在秋天,但其他季节画也不违规,我见过民国画家陈半丁所绘菊蟹有落款"春日"。艺术能够打通自然的隔阂，像画家老陆在隆冬时节画给我一张西瓜图，看上去顿觉心中升起一丝清凉，但绝不是冷飕飕的感觉。

食蟹后，用菊花泡的水洗手，能冲淡蟹的腥味。有朋友说他以前出席一宴请时，看桌上有一盘螃蟹，有一瓷面盆的菊花水，他就用汤勺舀水到碗里喝，看服务员掩嘴窃笑，才知道这是过后洗手之水。如果我当时在现场一定会陪朋友一起喝，这远比喝酒要健康得多。

菊花的香，更有其品性之香，被人运用到字号里亦常见。我曾在文物商店看到一张钤印"菊人"的行书扇面，查询资料后，得知是民国总统徐世昌的作品，不难看出此君爱菊。张伯驹曾以诗评价徐世昌——"笑他药性如甘草，却负黄花号菊人"，讥笑他为官谨慎、圆滑。不过能在那"城头变幻大王旗"的时代得到善终，获取英名，也不枉来这世间走一遭了。

牡丹还早

牡丹历来为人所重。国色天香、花开富贵、魏紫姚黄均是为它打造的成语，历史上留下来的牡丹诗更是有四百多首，在花卉诗中数量绝对排在前列。牡丹一大特色就是花径大，盛开起来很有气势，观之很养眼。

以前有大户人家会在庭院里种上牡丹，旁侧再配以玉簪和海棠，放在一起取"玉堂富贵"的意思，但也不是随便种的，什么植物种在哪个方位都有讲究，这是一种风水布局。就如榆树一样，谐音"愚"，不作兴种在院子里，但种在院子后，那就是"年年有余"的意思了。

不同品种的牡丹花朵颜色不同，香味也不同。入国画最多的是红牡丹，但牡丹易画俗，画俗了的牡丹艳丽刺眼，有如旧时野店的被褥。我印象最深的牡丹画是白石老人生命最后一年所作的《风中牡丹》，橘红色的花、墨绿色的叶片上下各成一团，像云朵，像棉花，瓣瓣卷裹在一起，叶叶叠合在一处，整体倾斜着、翻滚着，在与风的抗争中，牡丹似乎迸发出极大的激情，散发出最美的芬芳。

我所见的《风中牡丹》只是印刷品，却足以震撼人心，每每看起，总能生出莫名的感动，这和观赏梵高《向日葵》时的心境颇为相似。《风中牡丹》的风应是"春风"，可能是"倒春寒"时刮起的大风。春风不都是和煦的，牡丹是春天的花。

在春天的花里面，牡丹和芍药较相似，但芍药的花瓣要细长些，叶片偏窄些。它们都可以用来做鲜花饼，其以干燥后的花瓣佐白糖、鸡蛋、牛奶等为馅心。许是有辅料的参与，牡丹饼和芍药饼吃起来区别不是很大，但分别用两花的花瓣泡茶，就会感到它们的香型有所不同,芍药的味道仿佛更浓些。

唐人喜欢牡丹,汤显祖的代表剧作《牡丹亭》即以唐代为背景,其中的主场景"牡丹亭"是什么样子,汤显祖没有交代,但易让人浮想联翩,我认为这是一座周边遍植牡丹的亭子,梦中的杜丽娘和柳梦梅就在牡丹丛中幽会,如果亭畔是寸草不生的泥泞地,那不仅有失浪漫,也不符合戏剧的主题定位。

同是《牡丹亭》里,杜丽娘和丫鬟春香游园时,多愁善感的她不由感叹,原来姹紫嫣红开遍,似这般都付与断井颓垣。春香却说道,是花都放了,那牡丹还早!

看似俏皮的话充满着力量。是的,我们和牡丹一样,在行进着生命的怒放。时光未晚,一切还早。

鸡冠花

前年圣诞节,朋友邀约去他家聚餐,菜品中有半只烤火鸡。火鸡闻起来香,但肉质却很粗,我吃不习惯。我觉得火鸡还是活生生地观赏为好,之前我在本地动物园和农家庄园见过火鸡。长相奇特,它嘴上挂着的肉瘤、喉下垂着的肉瓣都为红色,奇怪的是却没长鸡冠。

我想若是给火鸡加鸡冠的话,一般品种的雄鸡鸡冠配上去肯定嫌小,倒不如摘个鸡冠花放上去,鸡冠花至少有巴掌大,配大体格的火鸡很般配。

实际生活中,鸡冠花常和民居搭配。乡人喜在天井中、篱落下、阳台上种植花草,其中少不了鸡冠花。鸡冠花极易养护,几乎无病虫害,有了阳光和水便一个劲地往上长,有的能蹿得高过成年人头顶。鸡冠花夏秋开花,盛开得热情洋溢,花似扫帚,似打开的折扇,或似鲁智深、沙僧手中禅杖一端的铲刀。鸡冠花花瓣肥厚,用手抚摸柔软舒适,手感如接触波斯地毯。

鸡冠花有红、黄、紫、白四色,红、紫色最多见。八九岁时,曾和邻家长我几岁的女孩玩过家家的游戏,我将她家花圃内的鸡冠花剪下,用铅丝穿过,绕成一圈,戴于她头上,以对应她扮演的新娘角色,当时到底还是心智未开,一点也没有心旌摇荡的感觉。前几年遇到其他邻居,闲聊中得知这位邻家小姐姐竟已离婚,听后不免让人唏嘘。

老北京人在中秋节有用鸡冠花拜月的习俗,并有一首"鸡冠花、满院开、爷爷喝酒、奶奶筛、蓬头小儿端过来……"的童谣流传下来,从中不难看出鸡冠花长得过于招摇。莫言在《檀香刑》中曾将女

凡尘晴好
世物幽美

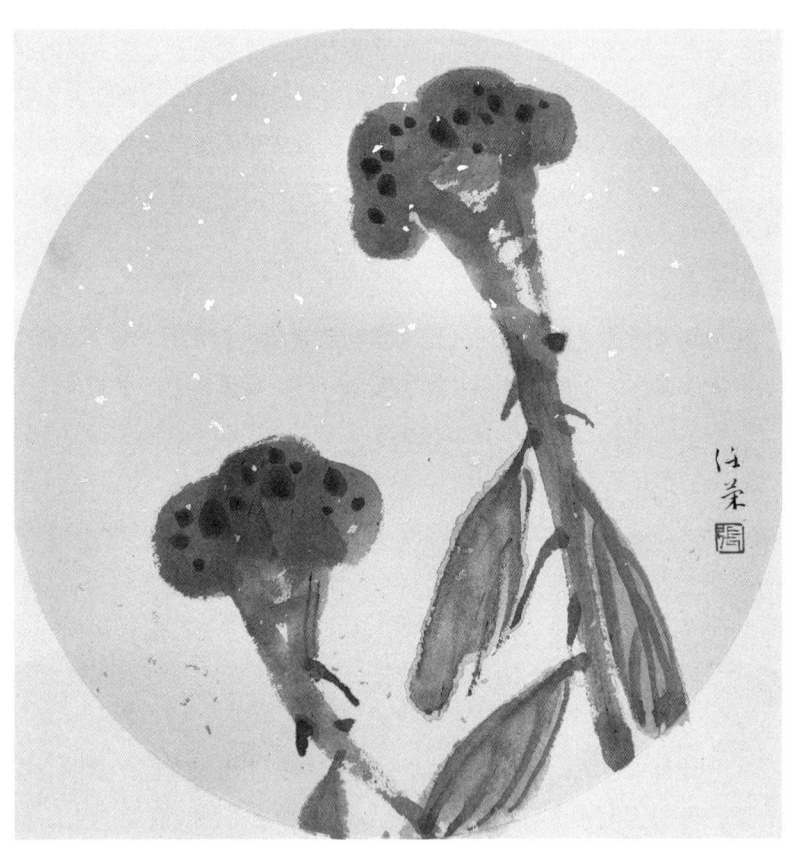

主角孙眉娘比作鸡冠花,说她"上穿着红夹袄,下穿着绿裤子,裤子外边套着一条曳地的绿裙,于是一棵盛开的鸡冠花来到了大街上"。三言两语就把孙眉娘开放泼辣、艳丽风流的特性描述出来了。

明初才子解缙有一首《白鸡冠花》的诗,这首诗的来历有些曲折。一次,解缙陪明成祖朱棣游玩,朱棣让解缙以鸡冠花为题作诗,解缙脱口而出:"鸡冠本是胭脂染。"谁料朱棣立即从身后取出一朵白鸡冠花。解缙思路一变,继续答曰"今日为何浅淡妆?只为五更贪报晓,至今戴却满头霜。"有急智的解缙却没有大智,最终在册立太子等事上得罪了朱棣,收获凄惨的结局。也可以说伴君如伴虎,无辜的鸡冠花都成为君王捉弄臣下的道具。

师友古清生曾在旧文中说,"剪下未结子的鸡冠花,开水一焯,裹上米粉蒸熟,晾干,然后用茶油将其炸酥,又脆又香,口感甚好,封存在陶罐里,夜时读书慢慢享用,或者款待朋友。"这样的小食不吃也可,因为留存在想象中似乎更有味。

一 草木谣

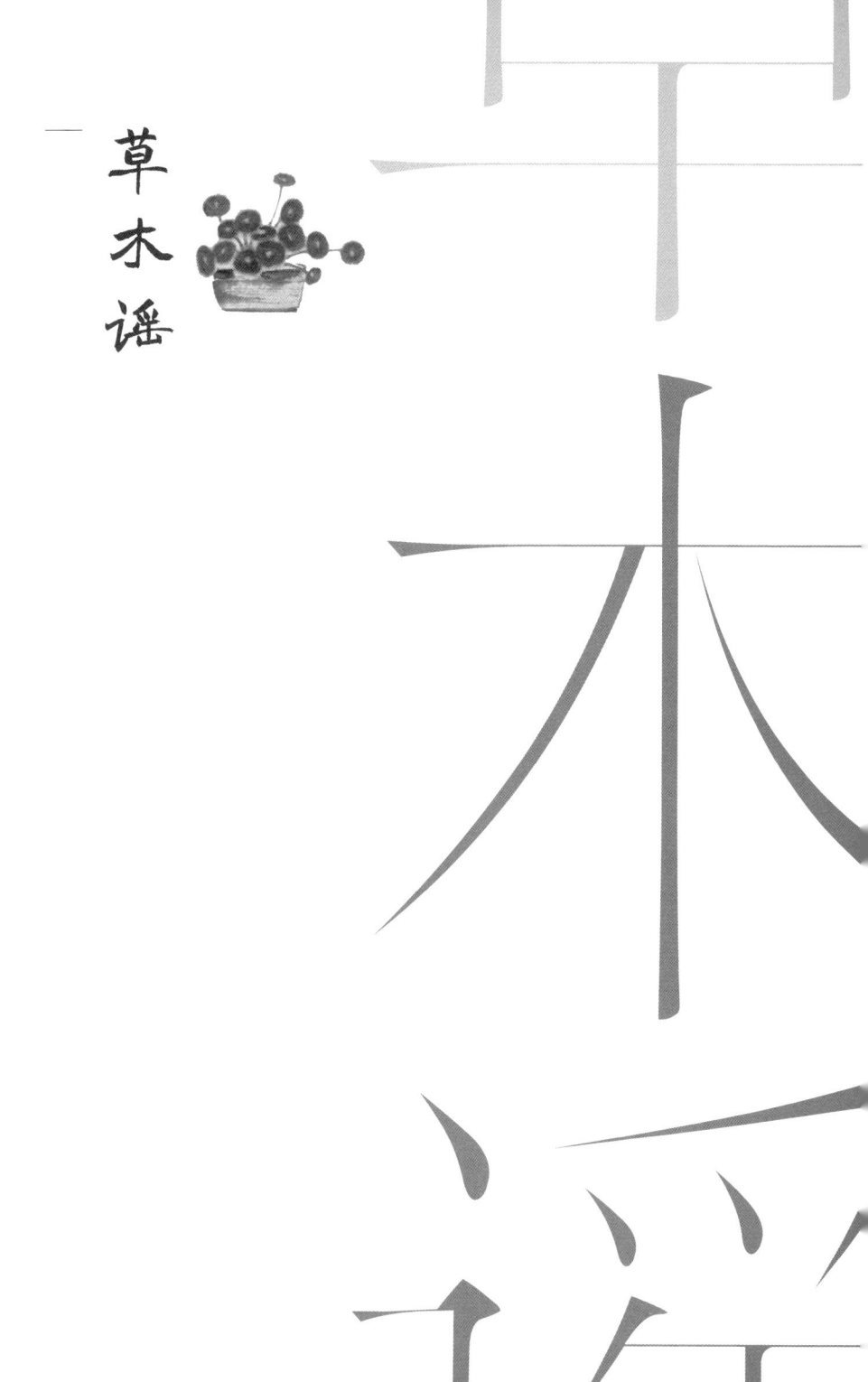

文人菖蒲

年近半百的友人周君实现财富自由后,于西郊置了一园子,于园中养了虎须、金钱、黄金姬、金边等多种菖蒲。周君平日里在园中赏蒲、喝茶、写字、弹古琴,他的书法上常钤一印,印文为"半生俗来半生雅",这很好地对应了他的人生。

我也曾附庸风雅养过菖蒲,即使空调伺候着,纯净水浇着,有机肥撒着,但多是枯黄离去,唯有石菖蒲活了下来,我把朋友从山野间挖来的石菖蒲连根置在一块小太湖石的洞内,填了土,铺上苔藓,搁在水仙盆里,加半盆清水,没多久,它的根就吸附住了石头。石菖蒲叶片宽长,虽不如其他菖蒲纤秀,却自带一股纵横剑气,这让我觉得它和桃木剑一样有辟邪功能。

有一年,去嘉兴拜访画家吴香洲,他要把案头上的一盆虎须菖蒲给我,被我婉拒了,因为我觉得难以将它养好。吴师想想,转送了我一幅菖蒲画,装裱后,我时常取出来张挂,平面的菖蒲与墙体很合拍,黑夜里,它显示出微绿的光芒,像是老扇面上呈现的云母色泽,我把它看作是一扇窗户,日光与月色被它悉数笑纳。

我还有一张菖蒲的小品画,是画家许宏泉所赠。全图以水墨写就,一盆菖蒲置在太湖石后,盆中菖蒲细密茂盛,飘逸生动。我在许师的朋友圈看到过他在北京郊外的书斋里侍弄菖蒲的图片,许师的书斋名为"留云草堂",为一代才女张充和题写。我想许师的作品里不仅留住了云,更留住了菖蒲之美。

"扬州八怪"代表人物金农喜爱菖蒲,他绘菖蒲画,写菖蒲诗,有一首诗写道,"此生不爱结新婚,乱发蓬头老瓦盆。莫道无人充供

草木谣

养,眼前香草是儿孙"。诗中以菖蒲拟人,视角别具一格。金农的诗名一直被画名掩盖,金农的字画从以前到现在一直很"热",我看过本地民国一古玩商的日记,他说收字画要收金农的,郑板桥的太多,不要。而现在郑板桥的字画也值钱了,他的传奇故事是作品的加分项。

  最近在老夏的古玩店里看到了好几盆虎须菖蒲,说是明代日涉园里菖蒲的子孙。现在的日涉园里,已经没了菖蒲的痕迹,如果再补种上,定是大煞风景,因为经过修复的日涉园有了气派,却失了古典,而菖蒲好比是过去的蓝印花布头巾,把它包在摩登女郎的头上,就会显得格格不入。今人追求的古意多半只是薄皮蒙鼓,经不住敲击。

  人生一世,草木一秋,但菖蒲的春秋可以很长,前提是在自然环境里。自由的空气不仅仅带来了延年益寿,还会滋生出无限的创造力。不受牵绊的身体和天马行空的思想默契地贴到一起,而现实的我们,却总在中间的夹缝里左右摇摆,虚晃了时光。

只谈芭蕉

芭蕉,是绘画的题材;是写字的用具。唐代画家王维的《袁安卧雪图》,于雪中画了一株翠绿的芭蕉,引发诸多争议,从中不难发现王维对芭蕉的欢喜。同是唐人的书家怀素窘迫时,无纸练字,便取蕉叶练字。最近网络流传一位无名书家取蕉叶写字的视频,造型摆得好,远胜其笔下之字。我觉得他不是书法艺术家,而是书法表演艺术家。

前人描绘芭蕉"扶疏似树,质则非木,高舒垂荫",颇贴切。芭蕉常被用于庭园装饰,我地有一古园林,里面最多的植物就是竹与芭蕉,在里面上班的导游告诉我,芭蕉叶大,谐音"业大",富贵人家都喜种植。而我更相信李渔《闲情偶寄》中"蕉能韵人而免于俗"的解释,因为我地这座园林的历代主人都是文人雅士。

芭蕉高大挺拔,叶呈长圆形,上有细细脉纹,宛如大型的梳篦。因有一定重量,故叶或弯曲,或下坠,组合在一起,绿荫如盖。某个夏日,我在江南巴城镇古宅中见到一丛芭蕉,其植于天井一隅,站在其下,抬头得青绿之色,吸气得清新之味,片刻后,燥热全消。想来在《西游记》中,以芭蕉扇作为熄灭火焰山烈火的法宝,看来并非毫无依据。

夏天多雨,芭蕉叶承接着雨水,让其轻柔地沿叶片滑落至大地,在此过程中,会产生淅沥之声,因而有"雨打芭蕉"一说,有一民间乐曲即以之命名,但"打"显得不太和谐,两者的关系是"蕉叶有意,流水有情",它们的接触,更像是一段缠绵缱绻的爱恋。

芭蕉是显著的文化符号。瓷器上有蕉叶纹饰、乐器中有蕉叶式古琴、木雕中能见到芭蕉图案。前不久,我在闹市中遇到发小阿易,他穿着一件满印芭蕉图案的T恤,在行人中极显眼,让我产生一种他刚从夏威夷度假归来的错觉。

西双版纳有一种特色小菜,以芭蕉秆剥皮取心暴腌制成。当地人不光吃芭蕉心,还吃芭蕉、芭蕉花,以芭蕉叶裹饭蒸食。芭蕉在我们这一带也常能见到,却没人取了吃。听老辈人说,灾荒之年,地主庄园里的草被拔光,树木的树皮被剥掉,唯有芭蕉还精神地长着。

由芭蕉想到松尾芭蕉这位日本俳句家。在一次年前举办的写春联活动中,我请书法家老姚写了松尾芭蕉的代表作《雪球》收藏,"生起火来 我给你看好东西,一个大雪球",语言看似平直无奇,却发人深思。

松尾芭蕉是文坛最伟大的芭蕉,如不是,那又有谁?

水边有柳

南城河畔有柳园,是为纪念乡贤柳敬亭所建。柳敬亭为明末大说书家,初名曹逢春,其后在安徽敬亭山下指柳为姓。逢春有柳,他的前后名字存在某种契合。

柳树本也有姓氏,它姓杨。传说当年隋炀帝杨广行舟运河时,两岸柳树为其遮阳有功,故被皇帝赐姓。杨柳还被拿来作为人名,我以前有个同学叫杨梅,她的弟弟叫杨柳,后来我看有女子也用这个名字,而且叫杨柳的男男女女有很多,这个名字既不阳刚也不妩媚,却相当普及。

柳生在水边,才会显示出它的美。春风吹拂河岸时,一排排柳树也不由欢欣雀跃,它们舞动着纤纤枝条,在空中挥舞,在水中划过。柳对水有一种天然的亲近,我在东台义阡禅寺看到宽广的放生池里竟有两棵柳树,它们在水中长着,但树干未见泡烂迹象。它们整日与钟声梵音为伴,似乎也得了灵气,要比一般柳树茂盛,主干有面盆粗。

柳树不会往高了长,它生长到一定年限,就自然而然地弯曲起来。蜿蜒的柳树如苍龙一般,让人感到有一种不懈的力量。这世间不能单以向上作为判定优劣的标准,稳定根基更为重要。

《水浒传》有"花和尚倒拔垂杨柳"的章节,说是鲁智深嫌老柳树乌鸦烦躁,索性拔了柳树,这神力惊得一众泼皮目瞪口呆。"垂"与"倒"这两字形成呼应,说明作者施耐庵对物和人的观察很是细致。画商朋友小孔原有一张高马得的《鲁智深拔柳》戏曲人物画,长久无人问津,后来小孔裁掉了画在左上角的几只乌鸦,竟很快就卖掉了。

画家画柳，总喜欢在树上加几只蝉。吾乡画家潘野贤，却喜欢在柳下添几尾金鱼。我看他所画的《池塘所见》，以翠鸟与参鱼为主图，我想过他为何不配金鱼？后来我想到，野外池塘是没有金鱼的。而柳树，可种在花园庭院里，《柳树金鱼》表现的是园林景色，这是符合生活场景的。

小时候，我曾折下柳条，连枝带叶编成柳条帽戴在头上玩耍，这是跟电影中的人物学的。说是帽子，其实只是个简单的头环。我看还有玩伴做过柳笛，截取一段柳条，拿小刀把一端削去些外皮，扭着这端来回拧，直至把柳条内的白芯抽去，接着再把成为管状的柳条一头的外皮全部刮去，这样就可以放嘴里吹了。柳笛声音浑厚或清亮，这由柳条的粗细所决定。

柳树的叶子狭长，两片柳叶竖着挨放在一起，就像剪子的剪刃部分。唐代诗人贺知章写过《咏柳》诗，里面有一句"二月春风似剪刀"，春风是意象的剪刀，它把柳叶剪成实物的剪刀，两边结合起来想象，颇有意趣。

江湖中有以柳叶为形制作的兵器。如《新龙门客栈》中龙门客栈的老板娘金镶玉左手使柳叶镖，右手执柳叶刀。我中学时写过一篇数千字的小说稿《侠女柳下慧》，稿子随着搬家早不知去向，但记得大致内容，说其是柳下惠的妹妹，容貌倾城，擅使柳叶镖，为了国仇家恨去刺杀楚王。

柳条刚出的嫩芽呈清鲜娇嫩的黄绿色，一排边地趴在枝条上，让人萌生爱意。柳芽可用来泡茶，可用来炒鸡蛋，但我们这边不时兴吃它，只喜欢看它随风舞动出深绿色的叶片，看自然的绿意一点点浓稠起来。

浅说黄杨

上个月去苏北古镇走了走,看到很多老宅内种有黄杨树。当地人说,如发生火灾,烧到黄杨树,会发出很大的声响,旧时以前人家种它,有报警的作用。

我目测了一下,老宅里的黄杨树,高度多在五六米间,细者有杯口粗,粗者有碗口粗,然旁边标牌都注明有百年以上的树龄。黄杨生长极慢,民间有"长一寸缩三寸"的说法,世间的很多黄杨代表着家族亲情的延续,祖辈种下的黄杨,经过一代代人的培育,才会长出些模样,因此有人把黄杨树称作"公孙树",虽然这个名号常用在银杏树上面。

二十年前城区拆迁时,我看到过一棵清初的黄杨树,那时"铲地皮"的小卢和户家协商后,请人砍了下来,把木料卖给老陈头,老陈头买木料是为雕成造像收藏。黄杨有"木中象牙"之称,质重,密度大,纹理轻浅,适宜做雕件。因成材难,黄杨一般是做木雕小件或做小家具的镶嵌。风水师杨先生藏有一块清代拔步床上的黄杨木大花板,雕的是《郭子仪拜寿》,人物众多,开脸极佳。卖家当初误以为是黄柏木卖给他的,像这类的黄杨木大件很罕见。

如今明清的黄杨树很少见,要是有户家卖,"铲地皮"的断然不会把它砍了卖,活的黄杨树很值钱,有钱有闲者会高价买来,装点庭院。现在"铲地皮"的收的东西比以前杂多了,他们还会去收老酒、收20世纪八九十年代的瓷器,这说明包括黄杨树在内的老货在一线越来越少了,靠"铲"个古董一夜暴富的情况不可能再有了。

黄杨亦有做成盆景的,是园林艺人取野外黄杨老桩所培植,有的老黄杨盆景价格要数十万元，像"鸳鸯蝴蝶派"作家周瘦鹃手制的黄杨盆景可谓无价之宝，贵的主要是造型，好的黄杨盆景是大自然鬼斧神工和艺人妙手匠心结合的艺术品。现在花鸟市场不乏黄杨盆景，但有韵味的作品很少，且多数都是用铅丝捆扎的，而以前很多盆景是要用棕丝来捆扎造型的，这一替换，似乎变得冷冰冰的，丧失了人文的温度。

黄杨四季常绿，经它点缀的小景致、大景观，很养眼。很多城市的绿化带里会种一种名为"瓜子"的黄杨，高度最多长至半米多。瓜子黄杨因绿叶形似瓜子而得名，再深挖一下，它的叶片像是西瓜子或南瓜子，而非细长的葵花子。

白果树

  那日在街头看到一汉子在卖砧板。汉子把一段树桩切割成好几块指头厚的圆板,依次把圆板两面打磨,周边树皮修修削削,搁在塑料布上出售。塑料布上还放有一个黄纸板,上面用记号笔写着"白果木砧板,现制现卖"。有人买了砧板后,汉子不忘嘱咐,回去先把砧板放盐水里泡一天,这样防开裂。

  用做木砧板的除了白果木,还有铁梨木、松木、桧木、樟木等材质。我曾上手过一个民国"福新面粉厂驻泰办事处"的楠木牌,原先被居民家翻过来当砧板用,边侧有裂损,好在未伤及铭文,此木牌现藏在泰州早茶博物馆里,也算有了好的归宿。

  吾乡百姓人家多使用白果木砧板,不只是其坚实耐用,主要是泰州这边白果树很多,有的树龄接近千年,如泰州第一中学内北宋教育家胡瑗所植的白果树,至今枝繁叶茂,要四人合围才能抱住。这棵白果树为雌树(植物和动物一样,也有雌雄之分),胡瑗当时应该还种了一棵雄树。古代一些殿宇前都会种两株一雌一雄白果树,但世事沧海桑田,能留下一棵已属万幸。扬州准提寺里亦有一棵明代白果树,主干受雷击等影响形成空洞,能躲入一个成人!惊奇的是,树洞里竟又生出了一棵小白果树,生动演绎了"枯木逢春"。去过准提寺多次,但我至今未知这棵树是雄是雌。

  古人把白果树称作"公孙树",意指爷爷种树,孙子享用白果,但白果树生长缓慢,人显然活不过它,故"公孙树"之"孙"也许不知是多少代的孙子了。白果雅名银杏,野史称这是宋代皇帝的赐名。有几年白果确实贵若白银,乡人在自家的白果树下日夜看守,以防他人盗取。现在白果价贱,落地上都无人捡拾。对于自身的行情市价,任意一棵白果树都不在意,它们还是按部就班地成长。

白果最便捷的方式是烤了吃,拿一把白果,挨个用老虎钳子夹开缝,灌牛皮纸信封里包好,放微波炉里烤分把钟取出,凉凉了吃。白果剥开外壳后,需去掉果实外层的薄膜和中间的细芯再吃,步骤略显麻烦,但其实也是品食的乐趣,就如钓鱼一样,其快乐不在于"鱼"而在于"钓"。

白果的叶子如蒲扇,似鸭脚,故这两个相似物也是它的别名。某次,一朋友约我午后去他工作室喝鸭脚汤,我中午时特意空了肚子,等到兴冲冲地赶去后,一看竟是白果树叶子泡的茶,这大大出乎我的意料。

狗尾草

狗尾草耐晒，烈日当空时迎着太阳猛长。天气干旱、土地贫瘠对它来说全不是个事，考古说狗尾草在1亿4500万年前的白垩纪时代就有了，当时地球的主宰还是恐龙。堪称"活化石"的狗尾草至今仍很寻常，城墙下，公园里，农田边，草原上，乃至老屋鱼鳞瓦的缝隙里，都能见到它。

对狗尾草，我谈不上喜欢和讨厌。但我觉得庄稼人很讨厌它，我曾看到农民在田里一边用铁锹挖着狗尾草等杂草，一边恨恨地说，"你们这些害人精！"不过前几年，台湾一客商在我们这里投资农业，他先找长满狗尾草的荒田，接着对田里土壤化验，左挑右选，才在一个北边的小镇上拿了100多亩地，如今这地里长的蔬果价格虽贵，但放到市场上还不够卖。

狗尾草是我儿时的玩具，我曾扯下狗尾草，把毛茸茸的草尖探到前排漂亮女生的衣领里，看她叫着闹着，直到说要报告老师，再哀求向她道歉。近日在同学聚会上遇到了这名女生，我讲到这件事情，她睁大眼睛，笑着问我，有这事吗？不经意间，我看到她眼角竟有了细细的鱼尾纹。岁月带来的波澜，是狗尾草无法抚平的。

世事白云苍狗，狗尾草却一直有个"毛毛狗"的俗名。东北地区把初春柳树上萌发的新芽也称为"毛狗狗"，柳树"毛狗狗"呈鹅黄色，生食涩嘴。洗后按茶叶的"杀青"工艺，放锅里炒熟，用来泡茶，喝起来有淡淡的清苦味，喝上三五口，舌下生津，多喝有清火解毒之效。

狗尾草的名字，是因之样子如微型的狗尾。当然狗尾随狗种不同

凡尘晴好 世物幽美

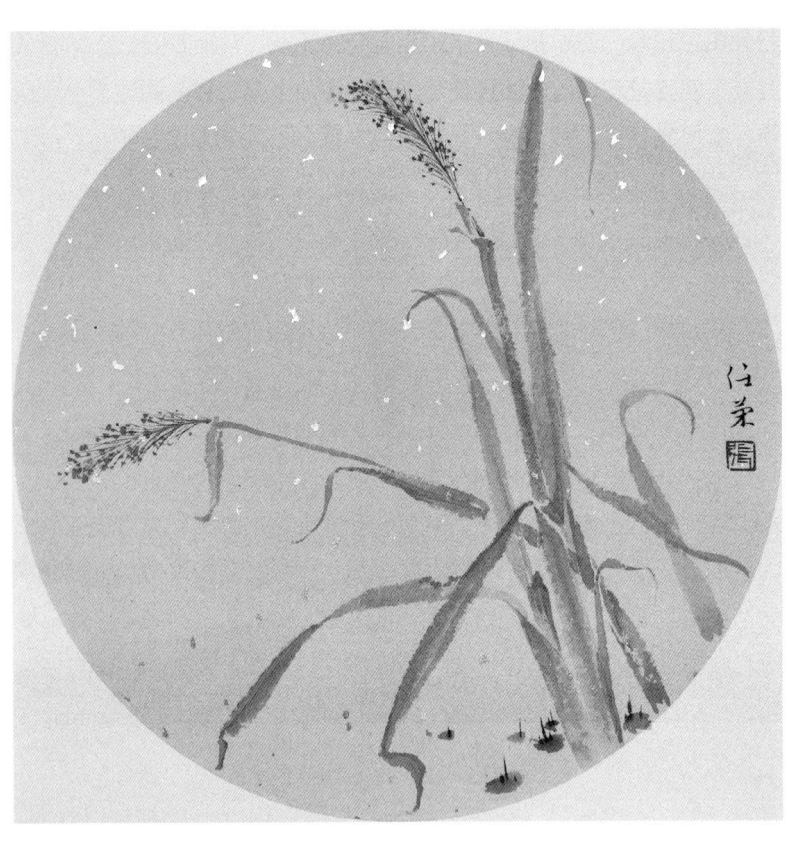

而不同，严谨来看，狗尾草更像中华田园犬的狗尾。有个与狗尾扯上关系的成语叫"狗尾续貂"，说晋代赵王司马伦密谋篡位，为收买人心，大肆封官，官帽上的貂尾不足，就用狗尾代替。从晋代出土的陶狗形象来看，当时的狗就是田园犬，狗尾续貂的"狗尾"，来自田园犬身上。

　　自然界有狗尾草，还有鼠尾草、猫尾草、猪尾草、狼尾草、虎尾草、蛇尾草、牛尾草、兔尾草、马尾草……若是能把它们凑在一起，可以组成植物版的"动物王国"。

夏之槐

老城北门处原有一千年槐树，故此地称作"槐树脚"。槐树对面有远近闻名的"张氏妇科"，张氏先人无意间得异士传授妇科秘籍，学成后为乡民治病，并将医术传于后人，槐树脚张氏妇科因此得名。时光荏苒，如今古槐和"张氏妇科"均不见踪迹，唯留"槐树脚"地名静静地躺在志书之中。

吾乡古槐极少，仅存的一棵在槐树巷，将之用作小巷的名字，足见金贵。这棵槐树为明代物，囿于寸土，鲜有光照，然其树权却向四方蜿蜒舒展，树权上又不断分出若干枝叶，在小巷上方形成了浓密的树荫。小巷的石板路虽早已改成了水泥路，但得益于古槐的陪衬，驻足于巷口，依然能感受小巷的幽古深邃。

槐树之长处，在于其长势。槐树生长时，不会笔挺地往上蹿，而是会根据自身和外部的环境确定自己前行的姿态。因没有过多考虑纵向发展，所以槐树再怎么长，高度都难以超越银杏等树木。但树木的成才不是以"身高"来衡量，就如孩子不能单以成绩来评价优劣，对树木和人而言，按个性发展都更为重要。槐树千千万，但绝没有一棵槐树的姿态是相同的。

古槐多为国槐，它是本土的植物，而洋槐则是清代引入，吾乡的洋槐远多于国槐。晚春之后，两种槐树相继会开花，国槐生黄花，洋槐生白花，看上去都很素雅，但蜜蜂偏爱洋槐花，其采集酿造的槐花蜜甘甜润泽，兑水喝或添炒米茶里吃嗓子不会泛黏起腻。

国槐花和洋槐花都有好去处，前者能入药，后者能泡茶、能做菜，但邑人却没有吃它的习惯，像北方人喜欢的榆钱、柳芽、杨树叶等我们这里一概不吃,食香椿也是近几年的事情。有的习性会一代代相传。

少了摘槐花的人,吾乡的槐花亦生得很低,伸手可及。我想要是人人都想槐花的心思,槐花肯定拼命地往高处长,植物有它的灵性。《天仙配》里,槐树精为董永和七仙女牵线,成就了一段好姻缘,这是多么的善解人意;《南柯一梦》中,槐树使淳于芬在梦中成为高官,又让他从富贵梦中惊醒,这是多么的让人深省。槐树与人的关系历来密切,但奇怪的是少有人在院子里种槐树的,有人说"槐"字中含"鬼",不祥。这个解释不知从何而来,要知道,古代周王的庭院里是种有槐树的,这在《周礼》里能找到出处。

俞平伯客居北平时,见院中有棵大槐树,欣然起了个"古槐书屋"的斋名。某天,周作人来访,告知俞平伯说这不是槐树,而是榆树。俞平伯并未就此更改斋名,将错就错就了文坛的一段趣话。

古人将槐树与夏天紧密相连,生出一个"槐夏"的词语,夏天看看槐树清鲜的叶子,再看看一串串槐花,似乎能清火。有了槐树等妙物,我们也会期待夏天,热夏并不是一无是处!

梧桐

古瓷中有一种青花梧桐叶纹盘，主图为倒垂的树叶，配有"梧桐一落，天下尽秋"之类的文字。此盘为典型的清朝顺治年间之物，显露出当时匠人对前朝的叹息。我手头原有一只，后送给一位小说家朋友，他说常在写作之余把玩，似乎能感触到历史，他特意在一部历史小说还植入了梧桐盘元素。

梧桐是青花瓷盘中的主角；是"一叶知秋"的预言家；是神鸟凤凰的栖居处，同样，它还是文人书屋前的点缀，书家高二适子规楼前有青桐一株，是他为感恩老师孤桐老人章士钊所植，得益于章士钊向高层的推荐，才有了他与郭沫若那场影响空前的"兰亭论证"。

去过子规楼多次，见那株青桐一直繁茂挺拔，高度与两层的子规楼相差不了多少，它并不孤独了，但个性依然，在游客忙着在子规楼前合影时，它缄默旁观；偶尔有游客抚摸它的树干，它镇定自如。喧嚣和繁华，早已随清风飘过。

文人在宅中植桐早有先例，元画家倪云林的庭院里就有一棵梧桐，有严重洁癖的倪云林左看右看都不顺眼，就命仆人天天挑水，给梧桐"洗澡"，时间一长，梧桐树竟给折腾死了。倪云林洗桐与西晋的阮咸在猪圈与猪对饮一事同为古代的"行为艺术"，但凡名士，就要有些与众不同。

印象里，南京是梧桐最多的城市之一，后看资料，言说有20多万株，南京遍地的梧桐俗称"法国梧桐"，它学名悬铃木，与本土梧桐有本质区别。法国梧桐的陪护，让"六朝古都"少了古板的成色，让"火炉"城市多了清凉的感觉。南京有多条道路两侧的梧桐栽种多年，长势茂密，皆向路中央延伸，在空中"会师"，形成一个弧形，深秋时，阳光从枝叶间穿透而过，人在路上行走，头上与脚下的梧桐叶洒落明亮的金黄色，这是物质与精神意义兼具的金光大道。

南京的梧桐是浪漫的，小红山上的美龄宫，一圈被梧桐包围，加之周边绵延的梧桐，从空中俯瞰，仿佛一条项链，中间的美龄宫，构成了"项链"上耀眼的"宝石"，传说这是蒋介石为爱妻美龄女士特意营造的布局，事实上却是无意形成，正是有这样的偶然性事件，才铸就了名人身上的传奇色彩。

在故乡小城五一路，道路两旁也有过梧桐树。五一路路北，曾有一家玩具店，一次，我在店里买了变形金刚的玩具，迫不及待地在梧桐树下打开包装，把玩起来，却不料树上一只"洋辣子"掉到我脖子上，一时疼痒难耐，急得我哇哇直哭，回去后母亲用胶带纸帮我拔出了毒刺，反复用肥皂水擦拭，才消除了疼痒。那年我大概七八岁，尽管不是美妙的记忆，但却让我记住了五一路的梧桐树。可惜是未过几年，这些直径有脸盆粗的梧桐树在城建中被砍伐，改造后的五一路，没了梧桐树的遮掩，各式黑白花绿的商店门头盛气凌人地在路边招摇，既失了美感，也没了之前的人气。

梧桐之美好，亦在音律间。乡贤谢孝苹旧藏有唐琴"纪侯钟"，其以桐木为主材。谢孝苹于1941年赠盘缠助友人纪三爷回乡，纪三爷看到家中放鞋的木板与谢孝苹宅墙所挂古琴很像，随即将之相赠，一代名琴遂重见天日，一段佳话也广为流传。

禅意水杉

朋友装修画室,选的是水杉木地板,水杉颜色浅,纹理平直,配上白色墙布和原木色的家具,整个环境是简约清爽。朋友说,在这样的环境里创作,能滋生出灵感。

水杉在吾乡颇多,但很少有人把它作为板材。上初中的时候,教学楼前有一排高耸的水杉,从初一到初三,教室相继从一楼搬到三楼,但地点再怎么变,从窗外都能看到水杉。班级里有女同学把拾到的水杉叶挑挑选选,晒干后夹在言情小说里当书签用,干黄的水杉叶整日与铅字里的帅哥美女做伴,如羽毛一样轻抚着躁动的青春。

学校那片种植水杉的区域,土地松软潮湿,加上日积月累落下的水杉叶,走在上面松松软软,发出"咻咻"的声音,似乎脚底都有了湿漉漉的感觉。当时顽劣,为逃避晚自习课,我和几个同学无数次从水杉旁侧的围墙上翻越而过,到校后巷子里的游戏室玩耍。直到考试前,才会突击式地复习,故有老师"恨铁不成钢"地说,"临时抱佛脚,越抱越蹩脚"。

水杉在北乡有千亩的排场,这里的水杉生长在河中,为当地人早年开荒时种植,未曾料到竟成了"水上森林"景点,"水上森林"的春景最迷人,浅水上的浮萍与空中的杉叶相互映衬,整个空间都是绿色的,人在水中的木栈道上漫步,白鹭、山喜鹊、杜鹃等鸟类的鸣啼传入耳畔,树木的清鲜味带着湿润扑到面门上,整个人似乎变得纯粹起来,身体与精神皆自觉进入了"绿野仙踪"的秘境。我曾带一外地朋友游览"水上森林",他被眼前的景色所陶醉,把浅水上的浮萍当草坪踩了上去,结果尴尬落水。上岸之后,他丝毫也不恼,反倒向我表示歉意。我想,"水上森林"定会成为他人生旅程中的难忘之景。

"杉"字的谜语叫作"先生从前住西楼",猜它要有逆向思维,先、生、从的第一个笔画都是撇,合起来就是三撇,"西楼"就是楼西侧的部首"木"旁,组合一起就是"杉"字。水杉确实是树木中高大威猛的'先生',他要是成精幻作人形的话,大概会到百货商店买一件特大号的"杉杉"牌衬衫套上。

在中生代白垩纪,地球上就有水杉了,它是比人类更早的"原住民",从古到今,水杉一直长到了现在;从低到高,水杉一个劲地猛蹿,似乎要穿起一片棉花糖般的白云才罢休。

有人认为水杉形似宝塔,但雪松要比它更像宝塔。宝塔是传统佛寺中的建筑,佛教中存在"是佛非佛"之说,水杉既具象又无相,显然更有禅意。

芦苇

我在湖边散步的时候，旁侧的芦苇随风横斜，它们过滤了风的威力，给我送来清风拂面的福利。这一大片芦苇，自我记事起就有，可能很久就存在了，说不定在抗战时期还掩护过游击队，见证了民族志士抵御外敌的光荣时刻，这么想当然是出于对芦苇的尊敬。还有就是我所崇敬的作家汪曾祺晚年在老家芦苇荡前拍过照片，在一张留影中，汪老手上还拿着芦花，按此看该是九十月份。

水乡的河塘沟渠边上，都生长着芦苇。很多大人小孩都拔过芦花，不然怎么会诞生那首《拔根芦柴花》的民歌？《拔根芦柴花》是扬州民歌更是"名歌"，普天下哼唱它的人有很多。不知当年汪老在拔芦花的时候，有没有想到这首歌。

芦花与通常所见的花卉有很大不同，单株的它像大型鸟类的羽毛，群居的它就像绵延起伏的水浪，故有心人将之称作"苇浪"。"苇浪"在时空里流过，在双眼中流过，它让我真切地感到"浪漫"一词的含义。画家杰文妥帖地把这份"浪漫"收藏到了画室，他将采摘的芦花插到了一只古朴粗犷的汉瓶里。不久后，一位身着旗袍的少女也手持芦花出现在他的作品里，芦花把少女的脸衬托得更加娇艳，要是换成艳丽一些的花估计会抢去少女的"风头"，构图中的视觉平衡很重要。

芦苇在水乡被统称为"芦柴"，将"柴米油盐酱醋茶"的首字赐给芦苇，足见芦苇的金子般的价值。芦叶可包粽子，芦秆可编席子，就是芦根，也可配上姜片熬汤——"拼死吃河豚"的人中毒后可服此汤。另外芦柴还是生火做饭的好柴火、搭房建屋的好建材，水乡很多简易的小茅房，都是用芦柴搭建的。某次，和几位文友去水乡采风，一文友在芦柴茅房出恭后，皱着眉说，太脏了。我却和他笑言，说他体验了世界上最吉祥的厕所，因茅房的门、墙、顶皆由芦柴构成，故这是"五方来财"，今后必定要发达。其他文友听后，竟都要争先恐后地去如厕。

"三九天"是收割芦苇的季节。和我父亲年龄相仿的记者老智告诉我，以前他们下乡插队时，都参加过割芦苇的工作，这被称为"剐芦柴"，那时他和其他知青天不亮就要动身，冒着严寒，拿镰刀靠着芦苇秆子从左向右"剐"，手上划出血、脚上戳破皮是"家常便饭"，每天干得腰酸背痛，不过挣个七八个工分。老智说这话时，我还特意看了看他那双充满沧桑的大手，得益于1977年恢复高考，这双手放下了农具，拿起了笔杆子，写出了一篇篇妙笔生花的通讯报道，真是时势造英雄。

如果住在河边，我会种上一片芦苇，当然就是不种，它也能自然地冒出来。闲的时候，我会坐在芦苇丛里，看探出头来的野鸭，看四处爬行的蟛蜞，看跃出水面的草鱼，看太阳一点点升落。有人可能会觉得没意思，但什么是有意思？自己舒服就最有意思！

说说竹子

一说竹子

到一位藏友府上玩,看到了一块"绿筠斋"的木匾额,我说原先匾额的主人定是爱竹人士,藏友说确实是在种了竹子的一处古宅里收来的,可惜那家宅子的后人将之作为砧板使用。我把匾额翻过来看,果然后面中间有凹陷处。匾额阴文刻字里依稀能看到绿色,能见出当时字体里是填绿的,这"绿"是用绿松石研磨后做的颜料。

在我们这边,只要有些地盘的读书人,都会种上些竹子。幼时,父母带我去扬州乡下访亲,那位亲戚是小学校长,其屋后有一小片竹林,我摸着光滑的竹竿,看着青绿的竹叶,觉得一切是新鲜的。想找寻书本上记载的那种叫作"竹叶青"的小蛇,却寻觅无果。倒是在旁侧的沟渠中看到了一只龙虾,这让我兴奋了好一阵子。

有竹子的地方,不一定就会有竹叶青蛇,也不一定会有竹鼠、熊猫等与竹相伴的动物,这与水土有关。然竹子适应力强,四处可见,它能给我们带来很多情趣。我夏天去宜兴的竹海旅游,未入其中,就能感觉那清鲜的凉风直入心怀。白居易有诗写到"夜深知雪重,时闻折竹声",白雪压竹的场景我在蜀南山区有幸见过,清晨推开旅店的窗户,见不远处积压在一片竹子上的白雪,压迫着竹子纷纷弯腰,发出"噼啪噼啪"的声响,这才是真正的"爆竹"之声。

竹子是大家庭,好看者如湘妃竹,竹身上有褐色、紫色或红色斑点。湘妃为舜帝两夫人的称谓,古人传说舜帝去世后,他的两位夫人伤心流泪,泪水滴到翠竹上,形成斑驳交错的湘妃竹。实际上湘妃竹斑点是受真菌感染而形成。湘妃竹按斑点形质可细分为红湘妃、凤眼、梅鹿等品种。红湘妃的物件最珍贵，明清文人以拥有一件红湘妃之物为荣，与其他竹物件不同，红湘妃物件少有人工雕刻，赏玩的就是上面斑斑点点的纹路，这种病态的不完美恰恰形成了欣赏上的完美，就像断臂的维纳斯一样，它恰恰是古希腊女性雕像中最美最出名的，人生的完美永远只能是尽善尽美的过程。曾有一朋友买到一民国竹书架，竹构件上均有纵横的红斑点，开始他以为是红湘妃的，后细看斑点均为人工烙烫形成。红湘妃的小件，哪怕是一件七八寸的扇骨，价格都动辄数万元。

红湘妃是天然的艺术，竹子画却是人为的艺术。墨竹是常见的国画题材，但也有绘者以朱砂、金粉一类的颜料绘竹，看上去别有韵味。吾乡画竹子最有名的是郑板桥，他应该也是中国最有名的画竹者。我曾以为郑板桥只画竹兰，有一年绘画理论家周积寅给我看郑板桥画的螃蟹图，真是出乎我的意料。我对郑板桥的竹子没有太多的感觉，觉得他画的竹子太孤冷了，放在一堆竹子图里面，不合群，能一眼挑出来，这是缺点也是优点，恰恰体现了郑板桥的孤傲个性，真正的英雄该心怀苍生，在抱负无法施展时，他们只能在个体的空间里享受孤独，制造孤独，有时我看八大山人笔下冷眼观世的鱼鸟，觉得它们可能是郑板桥的前世。

竹子与梅、兰、菊被誉为植物界的四君子。竹子因其特性被赋予坚定正直、虚心有节等特性。它还和芝麻开花一样，有着节节高的寓意。多数人都是爱竹的，少时学习围棋，记得有一名日本九段棋手叫大竹英雄；接触武侠小说后又知晓了《天龙八部》里的人物虚竹，能把"竹"字嵌到姓名中，跟随人生行走，这对竹子该融入了多少情感！

世间也有不喜竹者,如地质学家丁文江,他不但把祖传的宋人画的墨竹图送给友人,还写过一首《嘲竹》诗——"竹似伪君子,外坚中却空。成群能蔽日,独立不禁风。根细成攒穴,腰柔惯鞠躬。文人多爱此,声气想相同"。这种观点有一定的道理,有不同的声音方能百花齐放。

二说竹子

应朋友之邀,到他的庄园吃早餐。置身在竹亭里,看到杯碗筷碟,以致蒸点心的蒸笼,皆是竹质的,不知是喜欢这样的器物,还是食物美味,那天我吃得很撑,中饭都没有吃。

竹器物给人朴素实用的感觉,竹椅、竹茶叶罐、竹砧板、竹牙签、竹笛、竹刷、竹篾针……每户家庭中,多多少少要有些竹器物。有学者说,没有哪种植物像竹子一样对中国人的生活和文化产生深刻影响。此言不虚,想想商代的竹简,是用竹片写字,然后编在一起。写这样的"书",是文化;读这样的"书",就是生活。竹简把前人的文化和生活很好地串联在一起。

竹简退出了历史舞台,但它的影子还在。与我们有亲密接触的竹席很像一个大型的竹简,它是祛暑的利器。我喜欢那种麻将大小的竹片一片片编成的竹席,躺在上面很凉爽,不足之处是有时皮肤上会烙下仿如鱼鳞甲般的印记。竹席能吸汗,夏天所用竹席要天天擦洗,否则难免发霉,滋生螨虫。

七年前,我为中国评书评话博物馆征集藏品时,在苏州民间见过一件晚清竹衣,圆领、对襟、宽袖,整件衣服由数万根铅笔芯状的竹管加细如发丝的麻线穿成,以前有说书艺人、戏曲演员在夏天表演时,会先穿上贴身的竹衣,这样在台上不至于出现中暑的状况。制作

草木谣

竹衣费时费力，成本甚高，当时只有名角才能用得起。

竹器物能俗能雅，书斋里的竹臂搁、竹笔筒、竹香筒、竹毛笔、竹扇……都是文人的爱物，明清很多名士喜欢在这些雅器上刻点文字图画，水平高者能在一件笔筒上雕上二三百个人物！现今留下来的古代竹制文房都价值不菲，有些只是普普通通的竹子，但能卖到上千万元。其所贵的是工艺，是历史，是名头。

用久了的竹器物色泛红，摸之如触碰婴儿皮肤，但竹器物的缺点是大多数会有些裂纹，这和牙器物易产生裂纹一样，好事者将之称为"雀丝"或"笑纹"，这算不上什么缺陷。

并非只有竹竿才能制作竹器物，竹根做的茶宠、茶则、香插在文玩市场上很受欢迎。我在朋友茶室看到过一只竹根做的三足金蟾茶宠，天然的圆斑点很像蟾蜍身上的"疙瘩"，朋友洗杯子洗茶后，都要把水浇到"金蟾"上，看热水烟雾在上面升腾的一瞬间，"金蟾"真仿佛鲜活得要跳动起来。

文人骚客爱竹器物，也爱种竹。宋代大儒东坡先生给竹子打过一个很有名的广告，"宁可食无肉，不可居无竹"。吾乡东侧姜堰旧有万竹园，为明末画家唐志尹的私家园林，蓝瑛、吕纪、冒襄等名家曾光临于此。"万竹园"属小而精的园林，园名中的"万"并非数词，而是量词，说明种的竹子很多。这就像清代"扬州八怪"，其实不单指八个画家，而是代表一支具有革新精神的画家群体。

接二连三说竹子

接连写了两篇竹子的文字，感觉还意犹未尽，所以决定再写一篇。

竹子可作用具，也可作食物。小时候咳嗽时，常喝竹沥清，喝起来冰冰凉凉，带有甜味，对吃惯苦口药的小孩来说，很有吸引力。竹沥清是以竹沥为主料制成的中成药，竹沥是竹竿烘烤后流出的竹汁。

竹沥清口服液灌装在瓶颈细高的10毫升玻璃瓶里。装竹沥清的纸盒里会附带个圆形小砂轮片，喝之前，要用砂轮片在瓶颈下方划一圈，沿痕迹掰断瓶颈后，插上细吸管饮用。

后来知晓这种小玻璃瓶叫安瓿瓶，当时安瓿瓶很流行，蜂王浆补品也是装在安瓿瓶里。现在喝个中药口服液没这么麻烦，玻璃瓶顶上有个橡胶盖，拿吸管尖头一捅即可。

一想到竹沥清，"汗青"这个与之关联的词汇也会随之涌现。汗青由于文丞相诗句"人生自古谁无死，留取丹心照汗青"而为天下人知。古代在书写竹简前，要烘烤竹简，刮去上面的青皮，加之烤竹子时沁出的竹汁好像汗水，故有"汗青"一说。文丞相所言的"汗青"，代指青史。时代像车辆一样总被各种力量前后左右往前推动着，而记录这一车辙的"汗青"无疑是光阴的余晖，岁月的流金。人民是历史的主人，历史靠人民来书写。补充来说，汗青是人民遗留下的血迹、汗渍和泪痕。

春天的竹枝头上，会抽出纤嫩如绣花针的竹芯。以往祖父晨间去公园锻炼，都会带上一个油纸袋，采集竹芯用来泡茶，竹芯茶有一股很独特的清香，冲泡后，茶水呈淡淡的黄色，竹芯漂浮在水面，喝起来有一丝难以察觉的苦涩，整体是清爽的感觉。竹芯茶有清肝明目之效，但不经泡，续水两次后味就寡淡了。

自祖父去世后，我再没喝过竹芯茶。四川的竹叶青茶、山西的竹叶青酒倒喝过几次，但除了觉得其名字具有美感，品咂不出太多的感觉。

要说竹子贡献最多的食材，还是竹笋。笋有毛竹笋、楠竹笋、水竹笋、麻竹笋、金竹笋等品种，春、冬季节会有上市，有一种惊雷笋说为惊蛰打雷时破土而出，如果度它为人的话，其该和闻鸡起舞的祖逖一样，成为励志偶像。

有一年，我看到市场上有冬笋卖价特便宜，买了几斤回来，剥开后看内中有多处黑斑，以为腐坏了，准备丢弃，母亲看了说是笋受冻后所致，后切成滚刀块烧肉，吃起来绵脆，且无涩感，味道竟出奇的好。看来观人待物，皆不能单取貌相。

薄荷

春天暖阳正盛的时候，种在河畔的薄荷开始冒叶子了。油绿油绿的一片地，比草坪看上去要鲜亮，这使我想到了王荆公的名句"春风又绿江南岸"，这句话远比他的变法内容要好记很多，我拿过来形容薄荷，我想王荆公若天堂有知，大概不会有反对意见。

近距离地看薄荷叶，叶子上有鳞片般的纹理，有点像鳄鱼皮，边缘呈锯齿状，这"锯齿"只是表面的装饰，吃薄荷叶时并不会刺到喉咙。

薄荷有辛凉之气，这气味为鼠虫所不喜，故薄荷种起来是顺风顺水。摘下来的薄荷叶含在嘴里，能感到幽幽的凉气直窜鼻息，头脑霎时清醒不少。朋友阿远戒烟后觉得嘴中寡味，便种了几盆薄荷，有事没事时摘一片薄荷叶嚼食，我与他打趣道，这叫"大烟害我之心不死，需时刻保持清醒"。

夏天熬酸梅汤时加上几片薄荷，绝可算是"画龙点睛"之笔。想简单些的，可以煮薄荷水喝，添几片柠檬，加一勺蜂蜜，搁凉了喝很爽口。本地一些火锅店免费提供薄荷柠檬水，吃火锅喝它能缓解辣意，当然也有人是喝那种高度的二锅头，他们觉得辣上加辣才过瘾。

不消说清凉油、青草膏、人丹等常备药品里有薄荷成分，吾乡名特产丝光薄荷糖亦是以薄荷油为主料，其又称"三里香糖"，意指含糖走三里路，糖才会在嘴中溶化完。大厨俗人兄擅做一道薄荷牛肉，雪花牛肉切骰子般的小粒，腌制片刻，配干辣椒细细地煎烤，趁热用那种小个头的薄荷嫩叶把牛肉粒包卷扎实，搁荷叶上放竹蒸笼里蒸。我在别处没吃过此种做法的薄荷牛肉，它外酥内嫩，软润鲜香，吃到嘴里，带有薄荷味的牛肉汁能从牙缝里溢出。

薄荷在古希腊传说中是由精灵曼蒂演化，冥王哈迪斯爱上了曼蒂，冥后佩瑟芬妮出于妒忌，使出魔法将曼蒂变为薄荷草。故古希腊人认为薄荷能与冥界相通，在葬礼中大量使用。同时在古希腊奥运会时，会有选手把薄荷涂抹在胸膛及手臂上，据言薄荷香能让他们竞技时更自信。有故事的薄荷在古希腊有着非同寻常的地位。

诗人车前子写过薄荷，他说，满院薄荷们仿佛一个班的女生都穿着绿裙，一起蹲下身来，把绿裙有一搭没一搭地托举。这样的比喻让人惊艳，想起老车不久前赠送给我的诗集《底片》，他在扉页上题写了"月亮升起"四字，我想，在这月光之下，必然还有一丛丛绿莹莹的薄荷。

皂角帖

朋友请我去他小食店里看看，两个人在店堂里，有一搭没一搭地聊了会儿后，朋友给我上了一碗银耳羹，我用调羹划拉了几下，看里面有透亮的颗粒，以为是椰果。朋友笑着说，是皂角米。

这是我第一次吃皂角米，它的口感细腻柔滑，带着些许弹性，想到朋友说它有别名雪莲子，这个冰清玉洁的名字很好地对应了它的形态。但遗憾的是，在我记忆里，乡人是不吃皂角米的，虽然我们这边有不算很少的皂角树。乡贤汪曾祺倒是写过冰糖皂角米，但那是在五千里开外的腾冲。应该说皂角米不该被热爱美食的人摒弃，它自身没什么味儿，但有一种纯粹的清淡气息，能融洽地和其他食材搭配。

皂角米是皂角的果实，生在树上的皂角像一个粗大版的刀豆角，初为青绿色，后至黑褐色。皂角的青春期重在形色，看上去像是锦衣卫的绣春刀，只不过锦衣卫集体告假了，把刀连鞘都挂在了"库房"，但打这些"绣春刀"的主意得小心谨慎，因为树干、树枝上"布置"了无数的尖刺，仿佛古代暗器铁蒺藜；皂角的成熟期好在实用，它会自觉地落地，但乡人往往等不及，"避其锋芒"地拿长竹竿子打摘它，煮水后用来清洗衣物。我幼时曾见过老人拿着皂角和老丝瓜瓤在澡堂子里洗澡，不过这天然的"肥皂"和"擦澡巾"现在没人拿来亲近肌肤了。

皂角的"皂"，可以等同肥皂，也可以是皂角自身的颜色，它的黑褐色，在传统色彩体系被称作皂色，旧时衙门里的差役，工作服多为此色，故又称皂役，当然他们的"造诣"主要在升堂时喊"威武"，体罚人犯时打板子、官老爷出巡时鸣锣开道……他们的形象，如一个个在旧光阴里行走的皂角,或"造福",或"造孽",把历史涂抹得五彩斑斓。

晚明张岱在《夜航船》里提及,"糟蟹久则沙,见灯亦沙。用皂角一寸置瓶下,则不沙"。这和腌一批金华火腿,要放一条狗腿来提香的方式有些类似。皂角和狗腿皆是很好的辅助食材,至于是什么道理,好像没有很明确的解释。

捧读《夜航船》,突然觉得皂角亦形如水乡夜航船,夜色把它渲染得漆黑无比,船上的旅人在苦途中颠簸,但船和人始终前行着,向着理想家园进发。这么说,皂角也许还是中国版的"诺亚方舟"。

念记苦楝

我见过很多苦楝树,起初并不知道它的这个名字。里人惯称它为哑巴果子树,说是吃了它黄色的果子,就会变成哑巴。这应是谣传,我曾经捡拾起地上的楝果,撕开皮,用舌头舔了舔,未有失声现象。再说苦楝果挂满枝头的时候,鸟雀慕而争啄,要是知道吃了变为哑鸟,这些生灵怎么会光顾?

苦楝果不苦,有一点甜,气息和过期啤酒类似,不算好闻。苦楝带给我的回味亦不算苦,幼时,我和玩伴用苦楝果作为弹弓的子弹,打狗打鸡打兔子。相比自行车轴承里的钢珠,苦楝果的威力要小些,但我见过玩伴用苦楝果"子弹"打下了一只正在食苦楝果的麻雀,这只麻雀可能做梦都没想到,被"口粮"害了性命。

苦楝树的果实是"长生果",从夏天到初冬都有,一边挂着,一边落着。夏天,青绿绿的苦楝果和黄澄澄的苦楝果同挂在满是绿叶的树上,像微型的灯笼,像一枚枚铃铛,细细地看,每个果子上都有一个个小细点,和初中女同学鼻头上的雀斑相仿。在冷肃的季节里,苦楝果全变黄了,不再热闹的枝头上,它变得显眼起来,它"显示"在眼里并不唐突,游牧民族人士的眼珠子有这样的颜色。

楝长在乡野,亦长在官署。曹雪芹曾祖父曹玺在江宁织造府为官时,曾在院子里种楝树,筑楝亭,曹氏的兴衰被楝树和楝亭默默打量——眼看他起朱楼,眼看他宴宾客,眼看他楼塌了。也就六十年的光景,一树荣华、一亭富贵就瞬即地消散了。这府中之楝是否为苦楝?没有明确记载。但我坚信这是苦楝树,它让后人曹雪芹感到了痛心。我觉得曹雪芹与明末的张岱一样,都是在经历巨大变故后创作出了伟大作品,他们经历了苦涩,却奉献了甘甜,如泰戈尔所言,世间以痛吻我,我却报之以歌。

　　苦楝树在端午节前后开花,苦楝花生得相当散漫,细细的花瓣,浅浅的紫色,淡淡的花香,有轻轻的脂粉气,总之是轻笔简写,因简单,而精微,而得趣,画它要反比牡丹复杂,涉及苦楝花题材的画家很少,或者说它淡泊的不想让画家染指。我见过一张《楝花图》是民国谈月色女史所绘,画面中一个枝头上冒出了两簇绿叶陪衬的楝花,设色淡雅,似有芬芳扑面而来。上有其夫君蔡哲夫题写诗堂,诗中之句"风信到楝花,依然发故林"我一直记得,借助笔墨,楝花成了"恋花",艺术里常见妇唱夫随。

　　二十四番花信风,始梅花,终楝花。苦楝树开花之际,宣告着一个春天的斑斓彻底褪去。但一切还会重来,就像生命的河流,有潮起,有潮落,而底色,一直未曾改变。

仙人掌

家里有祖传的六枚银圆，装在一只青色袜子改制的钱包里。银圆中，除了"龙洋""袁大头"外，还有一枚墨西哥的"鹰洋"。"鹰洋"的显著特征是银币上有一只伫立在仙人掌上、嘴中衔蛇的老鹰图案，这是墨西哥的国徽。

我曾担心老鹰站在仙人掌上，是否会被刺痛了脚爪？后来从书中得知这是太阳神指派的神鹰，墨西哥的原住民阿兹特克人据此建立了自己的家园，但后来的战争让这片土地又更换了几代主人，世上没有永远的家园，墨西哥充其量只算是阿兹特克人的落脚点，只有土地上的仙人掌从古代一直心无旁骛地长到现在。

虽未去过墨西哥，但我从视频中看到仙人掌在墨西哥很常见，高者能长到十多米。我邻居姚老爹在花坛里种过仙人掌，好生侍弄，不过也就长到了四十多厘米，水土对生物的成长很重要，不然怎么会生出南橘北枳这个成语。

仙人掌很有气势，远远地看去，像一片片绿色的手掌在打招呼，近视眼加色盲者若是贸然地上前握手，代价必是惨痛的，仙人掌的若干小刺会如利箭般戳进皮肤，让人产生麻痒的感觉，这时就要设法把刺拔出来。我幼时有一次手背被仙人掌刺了，祖母见后，先用嘴吹了吹被刺处，接着找来热乎乎的面团敷上，滚动了几下面团，取掉面团，涂抹上香油，麻痒顿消，民间疗法还真有效果。

以前我在拆迁区总能见到仙人掌，不是自然长出的，是居民搬家后遗弃的，要么种在瓦盆里，要么种在坏掉瓷盆里，虽无人照料，它们还活生生地焕发绿意，捡废品的人进进出出，瞧也不瞧它。喜欢绿植的朋友小石在拆迁区捡过一盆仙人掌，放在家门口种，却被人偷了。原来小石回去后给仙人掌换了一只民国的刻瓷花盆，偷的人十有八九是相中了这只老盆子。

仙人掌很难开花，我在花木市场上看过开着黄花的仙人掌，店家说养了五六年才开花。仙人掌的花颜色鲜亮，却没香味，长在仙人掌冒出来的嫩茎顶端，像在上方撑起了一把小伞，这把伞肯定不是用来遮阳的，仙人掌很喜欢太阳，对水倒不太上心，我以前种过仙人掌，每天只顾浇水，结果有一天，仙人掌软塌塌地倒下了，挖出来一看，根子全烂了！

师友张老执中喜画仙人掌，人送雅号"仙人张"，我看他画过一张《醉仙图》，图中一株开红花的仙人掌斜插在酒坛子里，这当然是艺术的高妙表达，我甚至想象，在这个仙人掌的表面割个口子，能汩汩地流出美酒来。

铜钱草

我案头上的铜钱草移植于书法家老费处。那日见老费工作室石槽里满满的铜钱草,不由感到欣喜。临别时,老费连根拔了几株给我,说放罐子里,加点土,灌些水就养起来了。回去后我把铜钱草安置在一只宋代陶罐里,宋罐做工粗放,价值有限,和铜钱草组合在一起,却有了富贵之感。这绝非暴发户式的膨胀,而是儒商的纵横才气。

铜钱草没有香味,也没有铜臭味,它的结构较为简单,须根上生出的细茎秆顶头有一个形如铜钱的叶子,当然也只是像多数忽略中间方孔的铜钱,因为铜钱也有异形的,如椭圆形的日本天保通宝。铜钱草这样的姿态也可以说是缩小的荷叶,顶着阳光,接着雨水,随时令自然出没在风波里。但人们更愿把它往"钱"上靠,名字由意志行为决定。

铜钱草相当好种,定期添添水,再照照太阳,它就能迅速地生长起来,且四季常青,热闹的时候,大小"铜钱"赶集似的聚在一起,财源滚滚而来。写作累了,眼睛迷糊得都睁不开了,看它一会儿,眼部似乎做了个按摩,瞬间明亮了很多,心里也舒坦了。整个过程中,心中的成语接二连三地转换,从"见钱眼开"至"眼前一亮",再到"赏心悦目"。

近些年好多地方的书房茶室都有铜钱草,它使我想到了"蓬荜生辉"一词,铜钱草亦可算是登门上访的"贵客",只不过要常驻室内,随主人接待一批又一批的来客。说是主人,但放在整个世间,我们和草都属于客人,能留下履痕很不容易,也许只有年复一年吹拂的清风会记得这些过往。

凡尘晴好　世物幽美

我在北郊的河塘里，亦见到过铜钱草。它们在粼粼的波动中，微摇着身姿，仰着的叶片像少女纯净的脸庞。流水痴痴地望着它，把铜钱草的倩影深深镌刻在心里。汲取了天地精华的铜钱草葱茏秀美，当然这是集体主义美学的体现，凡事凡物一旦形成了规模，风度往往不会轻描淡写。

铜钱草名俗形雅，俗雅井水不犯河水，让喜俗或喜雅的人都可寻觅到自己的情感寄托，这是一个相对完美的结局。

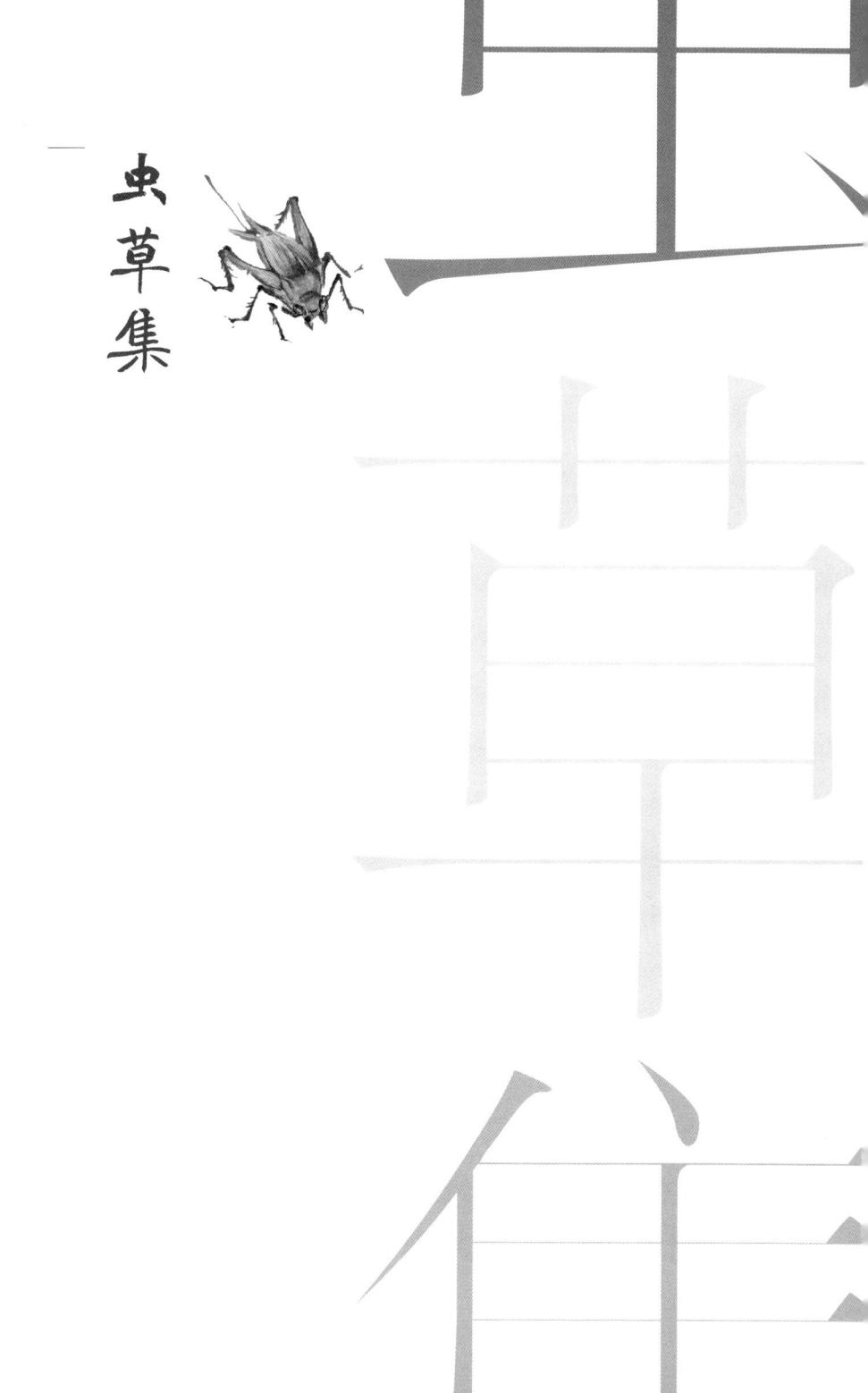

虫草集

白粉蝶

　　前一阵子去上海公干，傍晚在宾馆附近的街上走了走，无由地想到了瑞典诗人特朗斯特罗姆《上海的街》，里面那句"我爱这只白粉蝶，仿佛它是真理扑扇的一角"让我印象深刻。白粉蝶不仅上海有，好多地方都有。它结伴起舞的样子，像是一朵朵白色的花瓣飘散在空中，确切地说，是那种白色的蝴蝶花花瓣，带着一些水亮感，遮住了高空中白云的光芒。

　　只要季节对路，城市的公园、农村的菜园里都能见到白粉蝶，它飞行缓慢，很容易捕捉，蹑手蹑脚靠近停歇在花朵上的它，双手一合拢，察觉到掌心有轻微地痒，就知道它落网了。近观白粉蝶的翅膀，并不是纯白的，翅膀上也有少许黑褐色或黄色的斑纹，它在扇动翅膀的时候，这些斑点就被忽略了。白粉蝶似乎是用粉笔末合成的，捏它翅膀的时候，指头上都会粘上些白粉末。

　　上小学的时候，我做过简单的白粉蝶标本，那时没有太多的玩具，也没有层出不穷的网络游戏，玩虫子是孩子游乐的一大项目。捉来的白粉蝶压平整，在其胸腹部洒上风油精，用大头针钉在火柴盒里，但时间不长，它的翅膀就风化了，光秃秃的，如战败军队的旗帜。

　　白粉蝶的前世是菜青虫，由于全身呈青绿色，它趴在菜叶里很难发现，它缓缓蠕动着，进食的速度却很快，个把小时的工夫，好好的白菜叶就被它咬得千疮百孔。见到肥条状的菜青虫后，很难把它和白粉蝶想到一块，倒是觉得它和蚕是同类，两者的生命周期大体一样，都要经历破茧方能化为蝶或蛾，与蚕蛾对比，白粉蝶的生命要长些，

虫草集

不过最多也就三十来天，脆弱的生命没有让它们消沉，它们或快乐地吸食花蜜，或安心地繁衍后代，尽管是真正的度日如年，但它们不会像人们那样陷入烦心伤感的事情中一蹶不振。

　　所有的花当中，白粉蝶似乎最喜欢合欢花，我记得老城区曾有一棵合欢树，五月前后，树上就会挂满绒毛扇状的小花，粉红色的丝质花瓣在风中飘动时，淡淡的香味吸引了无数的白粉蝶穿梭其间，这让我想到了一个词语"蝶恋花"，这既是宋代的词牌名，也是明清瓷器上的常见纹饰，瓷器上的"蝶恋花"象征着才子佳人的爱情，但瓷器上的"花"多是牡丹和菊花，因为牡丹、菊花分别代表富贵和长寿。瓷器上无合欢花却有合欢树，常和萱草放一起，取嵇康所说的"合欢蠲忿，萱草忘忧"意，古人认为，合欢和萱草能消除心中的苦闷忧愁。

　　珊瑚堂主写茴子白的菜地里有一种飞上飞下，翅膀上都是白粉的蝴蝶，他们称为"白老道"，想必文字里说的就是白粉蝶。

知了记

古代高等级的墓葬中，死者嘴中要放上口含，"口含"主要为玉石类材质，很多取蝉之造型，因为古人视蝉的羽化为生命的重生，有的"口含"只是取蝉的轮廓而非全貌，有如截取下来的宝剑尖头部分。有"口含"，还有同等材质的"肛塞"——据说可堵住死者精气，让肉体不腐。曾有人拿了一件小玉棒去鉴宝，专家看后，说是汉代肛塞。此人听了脸色骤变，因为他把小玉棒打了孔，穿了绳，挂胸口上，这几年他老便秘，专家的话让他怀疑与此有关。

知了是蝉的俗称，知了这个名字是依据它的叫声而定，知了的鸣叫雅称为"一鸣惊人"，由于这个好寓意，故古玉蝉也有一部分是古代的活人佩戴的。我在玉器店看过一款玉石皮带扣，上面为高浮雕的柳蝉图案，营业员说佩在腰间，寓意"腰（蝉）万贯"，但左思右想，总觉得这个说法有些牵强。

知了是小时候抓得最多的昆虫，夏日，拿一个长竹竿，把铁丝箍成的一个圈绑在杆头上，在圈中绞上几张蜘蛛网，靠这个就可以"粘"树上的知了，"粘"下来的知了用细绳子绑住，系在阳台晾衣架上，它毫不怯生，一会儿又开始鸣叫了。也有知了无论如何都不会叫，后来才知这是雌性知了，天生"哑巴"。这很像过去锁在深闺的女子，和来客全然说不上一句话。

知了的幼年是在土里生活的，北美十七年蝉，更是要在暗无天日的环境里生存十七年才回到地上，换作是人的话，也许会患上抑郁症，但知了却能乐观地等待。知了的幼虫别名知了猴，它的长相与猕猴有几分相似，北京有一种传统手工艺品毛猴，就是取蝉蜕与辛夷、白芨等一起拼接成小毛猴。我看过一件高手所制的毛猴庙会的工艺品，一百多只毛猴情态丰富，有理发的、有拉洋车的、有说评书的、有卖糖葫芦的、有表演杂技的……虽隔着一层玻璃罩子，但看上去还是很有趣味。

蜕壳是知了成年前要做的功课，蜕一次壳，它的身体都会增大些，三十六计中有一计"金蝉脱壳"就是根据它蜕壳的事例而来，知了猴最后蜕下来的空壳唤作蝉蜕，空壳和它模样看上去一致，立在树干上，采集了可做药材，前段时间咳嗽，我找方医师配了几服中药，里面就有蝉蜕，它有止咳化痰、散风清热的功效。

蝉蜕能当药吃，蝉的本尊也是能吃的，它胸前的瘦肉细腻不柴，但肉头太小，凑上一盘不太容易。更多的人是吃知了猴，有一年去北京颐和园游玩，我看很多人在河边挖知了猴，多者已经挖了半桶了。知了的幼虫油炸后，撒少许椒盐一拌，酥脆喷香，把它当作花生米下酒，吃起来毫无违和感。

台湾作家水晶曾将访问过的张爱玲比作知了，"薄薄的纱翼脆弱，身体的纤维质素却很坚实，潜伏的力量也大，一飞便藏于树荫深处"。可以像蝉一样歌唱，也可以像蝉一样隐遁的张爱玲，注定是文学史上不朽且鲜活的符号！

苍蝇帖

师友王祥夫擅写花果草虫，我看他画过一幅《君子有银》，三两只苍蝇，聚在一堆菌子旁边，似乎在开会。作品工写结合，富有生活气息，且寓意极佳。

画苍蝇者似乎不多，我知道的还有一位是齐白石。1953年，有人向齐白石买画，齐白石觉得润格低了些，就只画了三瓣咸鸭蛋，来人笑着说，太素了。齐白石不好拂了来人面子，又在咸鸭蛋上添了一只苍蝇。齐白石一生所绘苍蝇甚少，这张小画后来拍出了高价。

我细看了齐白石所绘的苍蝇，头是红的，身子有些泛绿，是周作人笔下提到的金苍蝇，他曾描述一种玩法：用月季的刺将苍蝇钉在叶片上，便见叶片在桌上蠕蠕而动。当然是叶片反面是半死不活的金苍蝇在动。苍蝇生命力顽强，拧下它的脑袋还能飞上好一会儿。

相比金苍蝇，饭苍蝇就显得灰头土脸，个头也要小，它在生活中颇常见，叮人叮动物叮花草，忙个不歇，有俗语叫作"苍蝇不叮无缝的蛋"，我却见过饭苍蝇也叮完好的鸡蛋，你不驱赶它还不走。一切真知都蕴含在生活当中。

看饭苍蝇的名字就晓得它喜欢叮饭菜，在驻足到食物上后，它卑微地来回点着头，不停地搓着肢爪，看似人畜无害，实则在传播病毒。以前人家会在饭菜上盖上防蝇饭罩，杜绝苍蝇的侵扰。为了直接消灭它，人们又发明了苍蝇拍、苍蝇贴、灭蝇灯等，但这些用物并没有使苍蝇灭绝，皆因其繁殖非常快。害虫往往都有很强的生育能力。

苍蝇无处不在，在苍蝇馆子里尤多，我在苍蝇馆子的菜肴里吃到过好几次苍蝇，但这些馆子的生意还是出奇的好，人们都不在乎。一次，我在一小馆子看到一文身青年从爆炒腰花里挑出一只瘦小黑亮的饭苍蝇，喊老板过来看，感觉有冲突要爆发，周边的食客纷纷停了聊天，放了筷子，做起了"吃瓜群众"，老板快步走来，把苍蝇捏在手里，我以为他要吃下去，谁知他随手一扔，端起酒笑着向文身青年打招呼，文身青年也起身回敬。那盘腰花，最后被吃得一干二净。

钱谦益不喜欢苍蝇，他认为苍蝇"眇形才脱粪中胎，鼓翅摇头可恶哉"。让人感到讽刺的是，这位仕明又仕清的"贰臣"，一生反复无常，为了权力，不断地转换环境，这与苍蝇的特点又何等的相似。

客观而言，苍蝇不如蚊子那般讨厌，它的危害不在台面上，但这往往也是最危害的！

闲谈蚊子

已故作家孙方友写过一篇小说《蚊刑》,夜晚,劫匪将为富不仁的知县绑到船上,让蚊虫叮咬,如死,则罪有应得;如未死,则放生。谁料天明时,身上落满蚊虫的知县还是活生生的。劫匪诧异,知县却笑言,蚊子吃饱喝足就睡了,我一夜未眠,不惊动它们,这样后边的蚊子也过不来,趴在身上的蚊子保全了我。这篇小说的情节颇具戏剧性,让人过目不忘。但蚊子致人失血过多而亡的说法查不到出处也难以考证。

千百年来,蚊子似乎把吸血当作天经地义的事情,它靠血液维持性命。蚊子在吸血前,还喜欢"嗡嗡嗡"地骚扰人,鲁迅先生将之生动地形容为"向被吸血者讲一套我吸你血合情合理的理论"。夜晚睡得迷糊之际,蚊子在枕边盘旋反复讲"理论",干扰你的睡眠,让人头疼不已。

即使在初冬,还会有蚊子出来活动,其中有一种花脚蚊子极其讨厌,它叮咬人的时候,很少讲"理论",故难以防备。花脚蚊子的"针"也要长些,能穿透牛仔衣裤吸血,被花脚蚊子叮咬后,起的包虽小,却让人奇痒难耐。幼时,我曾活捉过一只花脚蚊子,置于胶卷筒子里观察,它的腹部和肢脚上,有着和天牛触角一样的黑白斑纹。

蚊子喜恶劣环境,夏日,大汗淋漓地去茅房大解时,刚刚蹲下,偏偏这时不知从何处冒出来数只蚊子,专往屁股上叮,随手往后一拍,蚊子已经飞开,此刻恨不得后背再长两只眼睛。稍微定神后,顺着有点泛痒的位置再次一拍,掌心上是已成扁状的蚊子尸体及少许血迹,撕下小块手纸擦拭血污后,身后又响起"嗡嗡"声,这时只好重拾紧绷，继续对付这些专搞偷袭的"游击队员"。

蚊子欺大也欺小，小男孩上茅房时，弄不好私处就被蚊子叮了，变得红肿透明，撒尿时淅淅沥沥，感到尿不干净，哭着跑回家，大人一瞅，赶紧用碘酒擦，用热毛巾敷，过个三五天就恢复如常。

为防蚊子侵扰，昔日夏秋时节，乡人会支起蚊帐，然蚊子总能找到可乘之机，蚊帐中时常能混入几只蚊子，这时封闭好蚊帐，来个"瓮"中灭蚊，一打一个准。但也有人不会消灭帐中之蚊，清人沈复在《童趣》中写道，他把蚊子留在帐子里，慢慢地向它们喷烟，以蚊为鹤，以烟为云，他觉得很像白鹤在青云中鸣叫，不由为这景象开心叫好。能从嗜血的蚊子上寻出乐趣的，这样的生活家当世难觅。

喜蜘蛛

传统文化中,端午之后,是"五毒"活跃之时,所以人们要以沐兰汤、插艾蒿、饮雄黄酒等方式来驱散毒物。关于"五毒"的说法没有固定格式,一般认为是蛇、蝎子、蜈蚣、蟾蜍、壁虎,但在清代的"五毒"图案,却是老虎、壁虎、蜘蛛、蛇、蟾蜍,把老虎列入"五毒",据说是"以物降物",以此来统领震慑毒物。

把蜘蛛列入"五毒"中,似乎也有些牵强,昔日我曾被蜘蛛咬过一口,并没有中毒。我对毒蜘蛛的概念停留在武侠小说中的西域和苗疆,或是国外的热带雨林。

我们这边的方言中喜欢把"蜘蛛"叫作"喜蜘蛛",说是蜘蛛能顺着丝线从上落下,故被认为"喜从天降",还有说是"蜘蛛"和"喜"字的结构很像,两种说法都不太令人信服,但传过了一代又一代后,观点就站住脚了。古今很多画家都画过"喜从天降",画一个人物,接着在上方添一只下垂的蜘蛛,而这个人物,很多时候是钟馗,钟馗能驱魔辟邪,但面恶,配上蜘蛛就喜气了,故这样的搭配也称为"喜馗图"。

我见一位画家朋友画过《双喜图》,喜鹊立在梅花枝头,旁边画了一只蜘蛛,喜鹊和蜘蛛要是真放在一起,肯定会成为喜鹊的"点心",但艺术能让它们和平相处。法国后印象主义画派画家塞尚曾言,艺术是一种和自然平行的和谐体。这句话放在中西绘画上是通用的。

昆虫里面,蜘蛛不算好看,但古典小说《西游记》里的七个蜘蛛精却很美丽,它们住在"盘丝洞"里,在濯垢泉里沐浴,濯垢泉这名字好,像是某个老澡堂子的名字,猪八戒就是化身一条滑溜溜的鲇鱼在濯垢泉里揩蜘蛛精的油,有道是"英雄难过美人关",猪八戒是英雄吗?不能算是,他好吃懒做、贪财好色,但这亦是人之常情,所以猪八戒看起来像一个活生生的凡夫俗子,能让我们感到亲切。

《西游记》中蜘蛛精是从肚脐眼里吐丝,现实中,蜘蛛也是从腹部吐丝,小说虽是虚构,但也有生活的影子。蜘蛛网可用来"粘"知了,可用以疗伤,以前有小孩削铅笔被刀割破了手,家里老人会去找一小张蜘蛛网朝伤口一敷,血就止住了。此外蛛网好像用途也不太多。云南哀牢山的鬼脸蛛的蛛网却可用来做衣服,当地的苦聪人把鬼脸蛛的网清理叠平、夹紧定型后与其他布料缝合成蛛网衣,这衣服看似单薄,但据说穿在身上要比棉服暖和。

蜘蛛所吐的丝网由一个个不规则的圆圈构成,然后有向外辐射的线纹,勉强像是个箭靶子。要是蠓虫、苍蝇、蝴蝶、蜻蜓等"粘"到上面,蜘蛛就会迅疾地爬来,不论"猎物"丑恶,不问"肉票"大小,皆一视同仁地打包成茧子。春蚕要辛苦地作茧自缚,而蜘蛛却"好心"的帮虫子们代劳了。

斗蟋蟀

蟋蟀别名蛐蛐,是因为它能发出"嚯嚯嚯嚯"的叫声,据说这种叫声和古代织布的声音相仿,它一叫,好像在催促织女"加油",故它又称作"促织"。蟋蟀和蝈蝈、知了一样,都是利用翅膀的振动来发出声音。虫子的翅膀不全是用来飞的。

和其他鸣虫不同的是,尽管蟋蟀声音清脆、有节奏感,但人们更热衷斗蟋蟀,好的斗蟋能卖数十万元。老宅附近原来住着个魏瞎子,他眼瞎就是抓蟋蟀造成的,早年他在乱坟岗抓蟋蟀时,听到有蟋蟀叫一阵停一阵,叫声苍劲厚实,他明白这是只好斗蟋,便循声找到了蟋蟀洞,他放下马灯,趴洞口往里看,谁料里面盘着的一条大蛇吐着信子向他攻来,毒液伤了他眼睛。事后有人说,大蛇是等着吃蟋蟀的。行家则认为,蛇为蟋蟀"守门者",蟋蟀的"守门者"有蚂蚁、土狗、青蛙、蛇,有蛇守门的可谓绝品。

从古至今,从南到北,斗蟋蟀的风气长盛不衰。历史名人道济和尚、贾似道、朱瞻基、马士英等皆擅长此道,尤其是南宋权臣贾似道,他治国本事有限,却写了一部《促织经》,后世印行过多次,中华书局将之与西汉朱仲所著的《相贝经》合成了薄薄的一册出版,《促织经》内容虽不很丰厚,但却是研究蟋蟀者无法绕开的典籍。

斗蟋蟀和斗鸡性质有很多相似,都是同类间的相互对啄,蟋蟀互啄时称作"交口",因此牙大的蟋蟀都厉害,"虫王"级的斗蟋一亮牙,别的蟋蟀非死即残,它亮牙的速度凭人的肉眼根本捕捉不到!即使到了晚年,这种蟋蟀只要懒懒地张张牙,都能把别的蟋蟀吓跑。有的"虫王"级斗蟋随着"出战"场次增多,牙齿会从白色慢慢转为大

凡尘晴好
世物幽美

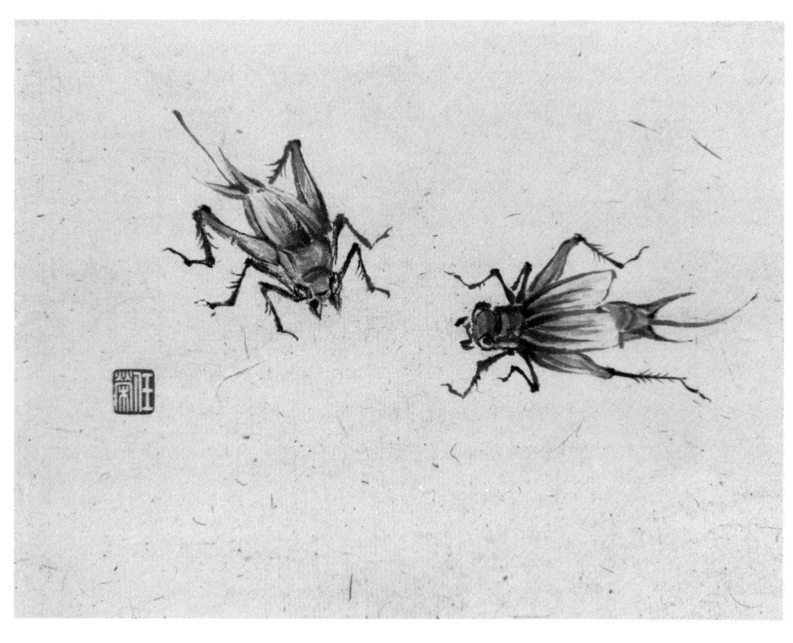

红色,这标志着它武力值的飙升。

作弊现象也存在于斗蟋蟀当中,如在蟋蟀"交口"给蟋蟀嘴上点药水、在蟋蟀的牙齿尖上镶上极小的铁钩等。故在重要的斗蟋蟀比赛中,都要派专人检查,这和奥运会上要进行反兴奋剂检测似乎是一个道理。

斗蟋都是雄蟋蟀,它不难辨认,其有两个尾巴,而雌蟋蟀有三个尾巴——其实中间一个"尾巴"是雌蟋蟀的产卵管。雌蟋蟀虽没雄蟋蟀值钱,但蟋蟀的繁衍要靠它,在雄蟋蟀出征前,把雌蟋蟀和它一起"同房",亦能激发它的斗志。这招人类也运用过,当年世界杯一球队主教练在争议声中,让球员妻子或女友随队员出征,在爱情的滋润下,全队斗志昂扬,最终夺冠。

斗蟋蟀活动不分成人小孩,小孩斗蟋蟀只图个玩乐,相对成年人目的要单纯得多。野外的蟋蟀喜欢生活在潮湿的地方,一旦被饲养后,就要将它安置在干燥的环境里,最好选择专门的蟋蟀罐,在罐子里配一个盛了清水的小水盂供其饮水,以米饭粒、菜叶、虾肉、面包虫等喂食。

古代传下来的蟋蟀罐都不便宜,清初名家赵子玉所制的澄泥蟋蟀罐存世罕见,市面所见的多为后世仿品。但若论珍贵,还要算明宣德青花官窑蟋蟀罐,北京和台北两地故宫都没有一件完整物!

鼠妇

很少有人知道这是个虫子的名字,但很多人又见过这种虫子,吾乡叫它"豌豆虫",但我网络搜索"豌豆虫",更多的是指喜食豌豆的豌豆象。请教朋友后,得知我们叫惯了的"豌豆虫"其实学名叫"鼠妇"。

"鼠妇"像是《聊斋志异》中某故事的名字,把它放到《狐妾》《海公子》《花姑子》《雹神》这一堆篇名中,绝对看不出有问题。要是再由高手按蒲松龄风格编写个老鼠精化作美妇的故事,那还可能会被认作是蒲松龄的佚文。

对于"鼠妇"的意思,古文献中的解释很含糊,有说法是老鼠总爱背负着它,因"负"写作"妇",就有了这个名字。鼠妇的故事在东晋的《搜神记》有记载,说有家婢女,在灶台下踩死个小人后,又看到数百个小人披麻戴孝,抬着棺材给小人送葬,她一路跟踪来到东门园子里一个破船下,掀开破船,全是鼠妇,她取热水烫死了鼠妇,从此小人再没出现。

鼠妇生活在潮湿的环境里,幼时,祖父老宅后门直通"一人巷",这条狭窄阴暗的小巷鲜有人迹,但只要揭开石板路旁覆盖在土上的残砖破瓦,总能见到匆匆爬行的鼠妇,鼠妇椭圆形,体长不及指甲盖,身上有褐色鳞甲,细数它有十四条腿,而昆虫只有六条腿,资料说它是节肢动物,和蜘蛛、蜈蚣等皆不属昆虫,这有些出乎我的意料,要是考《生物》试卷有这条填空题我肯定会答错,换作选择题瞎蒙一下有可能拿分。还有让人感到匪夷所思地说鼠妇竟是龙虾的近亲,有人吃龙虾也有人吃鼠妇,龙虾是下酒菜,鼠妇是中药材。

抓一只鼠妇放桌上，它会一动不动地"装死"，片刻后，又会恢复常态爬行起来。用手按它的时候，它会身子一卷，蜷缩成一个豌豆状的"圆球"顺势滚起来，"豌豆虫"的名字由此而来。以前的男孩子都玩过鼠妇，玩腻了会将它扔到鸡窝的食槽里，鸡看到后，上前挤着头争着吃，最后也看不清鼠妇落入了哪只鸡腹之中。

鼠妇不会游泳，但它的另一亲戚深水虱却能在数千米的海底生存，深水虱和鼠妇长得很像，个头上却至少要大它二十倍。清蒸深水虱是有名的"黑暗料理"，据说吃起来没什么肉，主要尝的是味道。深水虱价格动辄要几百一斤，吃它的人多半是怀着猎奇心理。

记蝈蝈

  细细想来，我家养过最多的虫子要属蝈蝈。我父亲很喜欢养蝈蝈。掐指算算，家里前后养过的蝈蝈有三四十只。有人觉得蝈蝈的叫声很烦躁，我父亲却觉得蝈蝈的声音有清心降暑的效果。有时午后，他在躺椅上，伴着蝈蝈的叫声，能美美地睡一个觉。

  爱养蝈蝈的还有文坛前辈俞律老，2019年夏末，我上门拜访俞老，老人家中饲养了两只蝈蝈，我和他打趣道，听了蝈蝈声，热天身上不会长痱子。谈话中，蝈蝈不时振翅，发出动听而有清韵的声音，主宾皆不觉得烦躁。这次拜访还有一个很深的印象是俞老书房挂着他自署的斋名"惜余春堂"，我知道"惜余春"乃是俞老衣胞地扬州的一个老字号茶馆，从中不难窥见俞老对故土的怀念之情。

  二十多年前，街上卖蝈蝈的农人还很多，一根扁担，两头挂满一个个装着蝈蝈的小笼子，笼子由秫秸篾编成，买蝈蝈要连笼子一起。后来街上不见卖蝈蝈的了，买蝈蝈要去花鸟市场。在任何地方卖蝈蝈都不需要吆喝，蝈蝈有些"人来疯"，一只蝈蝈叫了，其他蝈蝈也会叫，"蝈蝈蝈蝈"的声音大致齐整。

  买蝈蝈要挑，长途跋涉过来的蝈蝈缺肢残翅很正常。挑回去的蝈蝈用毛豆米喂食，我见有人用辣椒喂蝈蝈，据言这样它更会叫了，但我父亲说这样无疑是"拔苗助长"，会让蝈蝈上火，缩减寿命。给它喂食西瓜也可，但只能一两次而已，西瓜的汁液黏在它的肢爪和触须上后，它在清理身体时会收不住嘴巴，只能将自己的爪须咬断。

  蝈蝈俗称"百日虫"，以前它的寿命也就大半个秋天，但我家曾有一只蝈蝈活到冬天，这只蝈蝈晚年时一条大长腿不知怎么断了，翅膀也残破了，但很坚强地活着，毛豆落市了，就用青菜、米饭喂它，寒天里，把它拿到阳台上晒太阳，它在笼子里缓慢地爬动，嘶哑地叫上一小阵子，似暮年英雄的呐喊。这只"蝈坚强"死后，我有一些失落，把它放在火柴盒里，埋在了小区的花圃里，土上插了几根火柴做记号，但十多天后，我再去时，火柴连同蝈蝈的埋葬地都没找到。

现在蝈蝈有很多是人工繁殖的，能养过冬天。同时行家亦能以"点药"——以银针挑些朱砂、松香、蜂蜡等配制的药屑点在声音不佳的蝈蝈翅膀上，从而改变它的振动频率，让它的声音悦耳起来，王世襄先生对"点药"有过描述。当然蝈蝈声音还是"原创"的为好，后天的改变不如天然的雕饰。

以前本地所见的蝈蝈都是绿色的，而现在的多是黑蝈蝈，那种全身翠绿的蝈蝈少而贵，开茶楼的宫胖子原来养过几只，一次来了兴致，宫胖子把蝈蝈从葫芦罐里放了出来，谁知蝈蝈不领他的情，对着他肥厚的指头肚子就是一口，疼得宫胖子龇牙咧嘴，自此他失去了养蝈蝈的兴致。现在只要一谈起鸣虫，宫胖子还要下意识地摸摸手指。

古琴大师管平湖也爱养蝈蝈，曾有人向他出示了一只"西山大山青"的蝈蝈，这只老迈的蝈蝈肚上有伤疤，肢爪也不全，品相欠佳，只有几天的寿命。但看蝈蝈叫声雄厚松圆后，并不富裕的管平湖还是花五元买下，要知道当时这价钱能买两袋洋白面。爱物到手的管平湖笑言，"哪怕活五天，听一天花一块也值得"！

多少年过去了，蝈蝈还在世间鸣叫，管平湖的琴声还在人间回响。两种声音一直未变，人们也没听腻，自然和艺术的声音永远好听。

夏有蜻蜓

最近重温了孙犁的小说《白洋淀纪事》，孙犁的文字朴实有味，对地域风情和人物形象的刻画极为生动，在《嘱咐》一文中，他写雪天里，女人送丈夫水生回部队，用冰床子做交通工具，说女人"轻轻地跳上冰床子，像一只雨后的蜻蜓爬上草叶"，顺着这比喻，一只蜻蜓从脑海里飞出，让我觉得要写写蜻蜓，以此方式向前辈致敬。

"小荷才露尖尖角，早有蜻蜓立上头"，从杨万里的诗句中，不难发现，蜻蜓是夏天的虫子，它们喜欢在池塘上方飞翔，蜻蜓点荷之余，亦喜欢点水，它迅速地俯冲向水面，轻轻一点，水面微微泛起涟漪。与点荷用肢爪不同的是，蜻蜓点水是用的是尾巴，蜻蜓点水比点荷更有观赏性。

蜻蜓的翅膀在飞虫当中独具特色，两对细纱般的翅膀平直舒展，如飞机一般，它的飞行技术在虫子里绝对是最全面的，它在飞行中能高能低、能快能慢，尤其还能上下摆动翅膀定在空中，换作是人的话，绝对是顶尖的特技飞行员，当然也可能是深入基层的气象局研究员，每每在雨前，它们就翱翔于空中，昏暗的天气，遮掩不住它们透亮的翅膀，玻璃的光泽在天地间闪现。

蜻蜓的眼睛很大，圆鼓鼓的几乎占据它的整个头部，后来得知这叫"复眼"，蜻蜓的眼睛由重复了无数个的小眼睛组成，好比是若干小花组成的八仙花。我曾捕捉过一只蜻蜓，置在掌心，在它小爪子挠人之时，打量着它，它的头部很像科幻片上的外星人形象，人类想象很多是从自然中而来。蜻蜓的眼睛色彩丰富，又似乎流动着水，极似琉璃球，古西亚及埃及地区就有一种琉璃珠叫蜻蜓眼，素色的琉璃珠上镶嵌彩料，形成眼状纹饰，作为一种辟邪挂饰，"蜻蜓眼"在春秋战国时期传入中国，匠人们进行改良后，也进行了制作，丰富了"蜻蜓眼"的样式。当下一颗高古的"蜻蜓眼"价格至少要数万元，比同等大小的黄金珠要贵。

　　我所见最多的是那种金黄色的蜻蜓，它栖息在荷花上时很好看，但抓到手上后，会发现它的样子远不如在荷塘时那般好看，"距离产生美"绝非虚言。黄蜻蜓和红蜻蜓皆是工笔画家爱画的虫子，世俗的黄与喜庆的红总令人欢喜。我见过画家潘君诺所绘的《虫天小筑群相》，以工笔绘十余种草虫，一只蜻蜓立于偏中位置，十分显眼。让人费解的是，草虫中竟有一只红彤彤的螃蟹！把螃蟹归纳到虫子一族，大概是它写起来有个"虫"字的偏旁部首。

　　蜻蜓点缀艺术，蜻蜓闪现餐桌。昔年我在云南丽江，有朋友请吃饭，席间有一道油炸水蜻蜓的菜肴，但任凭朋友怎么相劝，我一口都没有吃，看着它，我就想到蜻蜓的大眼睛，那双清澈深邃的美丽眼睛！

小议螳螂

螳螂被乡人称作"砸割刀",这是很形象的一个叫法。受到挑衅时,螳螂会举起带有小刺的大刀状前肢,狠狠往前砸去,绝不拖泥带水,这让我想到了抗战歌曲《大刀向鬼子们的头上砍去》,这一刀似乎带有见不到底的深仇大恨。

别看螳螂渺小,它却有莫大的勇气,史上有成语"螳臂挡车",说是螳螂面对大它无数倍的滚滚车轮,奋力举起前肢,后世常以之比作自不量力之人。但反过来看,这何尝不显示着一种抗争的力量,日本作家村上春树说过,在坚固的高墙和撞墙破碎的鸡蛋间,他会站在鸡蛋一边。站在螳螂这方,同样可算是对弱者的爱和尊重。

另有一成语叫"螳螂捕蝉,黄雀在后",其构成了食物链关系。但前几天我竟看到了一个螳螂捕雀的视频,自然界这种"反杀"的事情有很多,就像有羚羊亦能战胜狮子、猎豹这样的猛兽,它们并没有强壮的身躯和聪明的脑袋,而是能够在急促的形势下迅速做出反应。

说到螳螂,就会忆起幼时看过的连环画《螳螂拳演义》,事实上也有这个拳法,武术中的很多招式都与动物有关,比如蛤蟆功、鹰爪功、虎拳、蛇拳。著名的养生功法五禽戏,更是模仿了虎、鹿、熊、猿、鹤五种动物的动作,五禽戏据传是华佗发明的,是他留在世界上的唯一遗产。很多人认为若华佗不被曹操杀害,中医会有更大的成果,但历史就是历史,真的很难说清。

天底下的螳螂好像都一个模样,头呈三角形,上有两根触须,三角处为双眼、嘴巴,它的眼睛很小,但圆溜溜的,有神,像有水在内中流动,它的翅腹面比头颈部要宽很多。原先我仅见过绿、灰两色的螳螂，最近又在朋友家看到了小拇指般大小的兰花螳螂，呈粉白色，比西瓜、红萝卜的颜色要略微暗淡，这螳螂不在他家的花圃里，而是在饲养箱里，这是朋友花数十元在网上买的爬宠。

  我小时候曾在花丛里逮过一只刚蜕皮的螳螂，放在手掌上，它就软软地趴着，并没有举起"大刀"，它嫩绿色的身子，似月夜之水一般冰凉。这么多年了，我一直记得掌心这彻骨的凉！

洋辣子

那天友人传来杨明坤播讲的扬州评话《皮五辣子》音频，我把它保存了下来，闲时就听上一段。我十来岁时断断续续听过广播电台播放的评话《皮五辣子》，从中获得了不少知识。现在再重温"旧话"，依然觉得还是一如既往地有意思。

《皮五辣子》讲的是皮五传奇的一生，他出身富贵之家，父母离世后家产被歹人骗光，其成为流落市井的"混混"，之后又因缘发家致富。据言《皮五辣子》是作者浦琳根据自身经历所写的话本小说。皮五表面上看不是良善之辈，实质却是一位诙谐幽默、疾恶如仇的善人。

说实话，本来开笔想写洋辣子，不知怎么想到了皮五辣子，可能皆因两者都是"辣子"。方言中"辣子"指的是泼皮，而洋辣子这种虫子的习性恰如泼皮——不惹它，它也会毫无由头地刺你一下。

洋辣子体形如青虫，呈红黄或红绿之色，极鲜艳，身体上下有一簇簇的小刺。我以前被洋辣子刺过多次，有次是傍晚的时候，在树下搁了一躺椅休息，洋辣子突然如降落伞般落下，在脖颈处稍作停留，瞬间脖颈产生刺痛之感，再一摸，皮肤上冒出了几个疙瘩。这时怀着满腔的怒火踏向地上的洋辣子，挤压出它黄油般的内脏方解心头恨。据说，有经验者这时会用卫生纸蘸点它的内脏，涂抹在被刺处，这种"以毒攻毒"有奇效。

一般来说，前面加"洋"的物件是从外邦引入的，但洋辣子好像本土一直就有。有传说认为，春秋战国时，鬼谷子弟子庞涓当上魏国将军，他妒忌师兄孙膑才学，对其施以酷刑。孙膑后设计逃离，成为

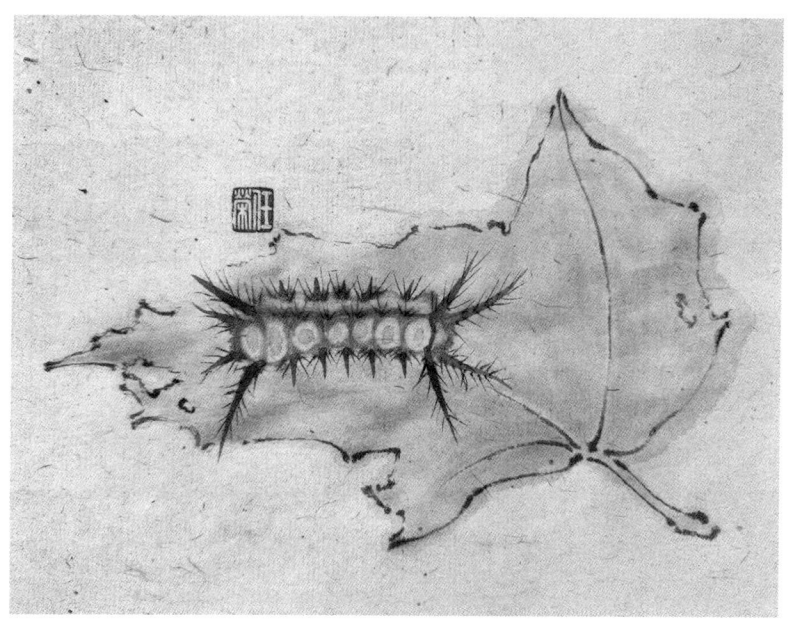

齐国军师，打败了庞涓。庞涓死后，身上的汗毛化为洋辣子。这远没有梁山伯和祝英台化为蝴蝶那般有人情味。

　　《本草纲目》里把洋辣子称作"雀瓮"，但我开始想不明白，鸟雀面对这个"刺头"，该如何下口？后来我看到洋辣子到了秋冬产卵季节，就会在树的枝干上"生产"出一个个白褐色的椭圆形小"陶罐"来安置自己的幼虫，说此为"雀瓮"倒很合理。曾有小时候的玩伴把这个"陶罐"撬下来，连同里面的幼虫烤食，说是肥美香嫩，但我始终不敢食用。

　　洋辣子活跃于柳、桑、榆等树上，但感觉它待的最多的地方是梧桐树，这可能是我出生的那条老街梧桐颇多，还有一种可能是凤栖梧桐后，洋辣子也想前来沾染些贵气。

　　洋辣子学名"刺蛾"，不考虑字形，听读音像是用来形容一个作风泼辣爽快的丫鬟，福建莆仙戏《春草闯堂》中的丫鬟春草就是如此，我看过福建人民出版社出版的这本连环画，由扬州宗静风、宗静草兄弟等人创作，想来我还买过宗静风所绘的《老虎》扇面，为他少时作品，看上去萌态可掬，与他的后期笔法大为不同。

养蚕者说

蚕的破茧和蝉的羽化,在古人眼中都是一种神秘的"重生",故有古代以蚕蝉形象制成玉器用于墓葬。但古玉蚕的使用范围及年限远不及玉蝉,故存世量要少很多,比古玉蚕还少见的是古代铜质鎏金蚕,存世仅数件而已。

活生生的蚕倒多得很,我和周边的玩伴小时候都养过蚕。和同学讨要一小块布满褐色蚕卵的卫生纸,盖上棉花,放火柴盒里。不久就会孵出丁点大的黑仔蚕,把它们挪到鞋盒子里,采摘些桑叶铺上,它们以桑叶为床,以桑叶为食,在风中呼哧呼哧地拼命长大,约一个多月的时间,它们变化的不仅是个头,还有身上的颜色,从黑转灰,再转为灰白色,直至最后"洗白"成功,把和牙签长度相仿的成蚕放在手背上,看它蠕蠕地爬着,能感到它身体的沁凉,白月光也有这般如水之性。

蚕是很好养的虫子,只要按时给它们喂桑叶,及时给它们打扫"居室"就可以,打扫时要捡掉满是孔洞的桑叶,清理出一粒粒黑色的蚕沙。我把收集的蚕沙交给父亲,他会用来泡酒,蚕沙酒有活血祛风的功效。我喝过几次蚕沙酒,喝时总会想到印度尼西亚的猫屎咖啡。

在成蚕食量大增,身上变得透明后,这时就要找来一些麦秆,修剪后,绑在一起扎成"山",成蚕很自觉地"上山",吐丝结成白的黄的茧子。这时最好关好纱门纱窗,在"山"上遮一层纱布,防止寄生蝇叮咬蚕茧后,在里面产卵,一旦被寄生蝇侵扰,茧子里不会有蚕蛾飞出,只会爬出蛆子。

蚕蛾出茧后，不会飞走，在完成交配和产卵后，它们会离开这个世界。它们短暂的一生，却与铸就中华文明辉煌的丝绸产生了关联。诗人艾青曾写过诗句，蚕在吐丝的时候，没想到会吐出一条丝绸之路。这真是举重若轻的经典好句，利用合理的想象，反映出千言万语的信息，让人能够联想回味出一些画面来，这些画面绘制不出来，也拍摄不出来，却能牢牢地在纸上散发韵味，这是纯粹的好诗，仅此两句便可抵得上若干长篇大论。而我看到的一些新诗，仅仅新在形式，过多强调技巧，意境却是陈旧不堪。

作家巴金小时候也养过蚕，他在《春蚕》文中有过详细描述。现在的小孩养蚕和小巴金养蚕的性质截然不同，那时候养蚕对很多贫困人家来说，是全部的身家性命！

金龟子

师友老王在微信朋友圈晒刚得到的单翅金龟子标本,并注明,稀少的复翅金龟子标本还未找到。我少时捉玩过许多金龟子,竟不知金龟子有单翅复翅之分。"活到老,学到老"这话固然不错,但有时候却是知识摆在眼前,而没有深入下去,这很值得警醒。

老王的标本不仅让我获得了新知识,更勾起了我对金龟子的回忆,金龟子在我们那被称作"金妈妈钩",和它同类的银龟子则被称作"银妈妈钩"。金龟子椭圆形的身上有金壳,荧亮亮的,光泽如抛光后的青铜器,看着它不仅仅是眼前一亮,而是通透持久的亮,能让人生出欢喜。遗憾的是金龟子带有异味,这味道能沾手上,得用肥皂反复擦洗才能去除。

在甲虫王国里,若把金龟子和吉丁虫放在一起,会发现吉丁虫的"行头"要更胜一筹。吉丁虫身上以蓝绿为主色,可随着光线变幻出不同的色彩,似琉璃、如翡翠、像宝石、仿若流金,它有个诗意的名字叫"彩虹之眼"。吉丁虫炫目的甲壳被倭人称作"玉虫翅",是镶嵌和金缮的贵重材料。

虽不及"玉虫翅"有名,但亦有地方拿金龟子的甲壳来制作耳环和项链。一条金龟子项链上,要穿上一百多片金龟子的甲壳,这背后要牺牲好几十只金龟子,它和吉丁虫一样,都是"美丽惹的祸"。

金龟子对死亡的概念似乎很淡,它经常性地装死,要是抓到一只金龟子,猛地把它往地上一扔,它会收紧肢爪和触角,蜷缩起身体,用树叶撩拨它,它不为所动。可惜它耐性不够,装死个数十秒后,就"复活"起来,很难哄住抓捕它的孩童。

散文家琦君在散文里写她幼时把捉的一只金龟子塞进小竹笼中，其外祖父要她将之放生，并说虫子不可随便虐待。这使我想到《大戴礼记》里，古人把动物分为"臝鳞毛羽昆"五类，合称"五虫"，人类与蚯蚓、青蛙等归为"臝虫"，按这个分类，我们和"昆虫"类的金龟子都是同等的，无由地剥夺它的自由乃至生命没什么道理。

但好像生活中从来就没讲过道理，不说人和虫子，就是人和人之间，亦存在弱肉强食。过于强调道理的人也许会和金龟子一样，被欺负得体无完肤却无力回击。

简说蟑螂

我对蟑螂有很深的印象。十来岁的时候,母亲烧了一道青椒鳝片,我吃了两口,发现菜里有一只蟑螂,我吓得赶紧丢下筷子去漱口。母亲后来发现是酱油瓶没盖盖子,蟑螂落至瓶中,又随酱油入了锅,上了桌。以前所住的是筒子楼,空气中都是潮湿发霉的味道,家里家外几乎天天能见到蟑螂。

就是前几年刚搬到高层楼上,偶尔还是能看到蟑螂,十几层的楼房,它是如何上来的,一家人百思不得其解。后来咨询了水电工老杜,才知道蟑螂是从通风管道爬上来的。在管道口蒙上了防护网后,蟑螂就没了踪迹,只剩下蠓虫、苍蝇、蚊子、飞蛾从门窗混入室内的"散兵游勇"。

蟑螂常没有由头地出现。之前一次起夜时,打开灯,一只蟑螂突然冒里冒失地从眼前掠过,着实能让人吓了一跳。回过神来后,拿拖鞋向它打去,它却迅急地钻进柜底。赶紧举起一茶瓶热水浇去,随即趴下来拿电筒一照,果真看见水渍中挣扎的蟑螂。这蟑螂真是顽强,热水都未曾使它一命呜呼,难怪周星驰在电影里将它称作"小强"。

蟑螂吃菜肴啃书报噬衣物,给人们的生活带来烦恼。为了防治它,更早的时候,很多人家都会用樟木箱存放物品,蟑螂闻到樟木味后,会避而远之。我买过一只樟木箱,外包牛皮,内蒙蓝布,箱盖内侧还贴着民国商标,用来放朋友赠送的书籍字画真是再好不过了。樟木箱后来少有人用了,人们就在橱柜里放"樟脑丸",樟脑丸状如药片,气味浓烈,从放了樟脑丸的橱柜里取出的衣服都有刺鼻的味道。有小伙伴曾把一把樟脑丸当糖丸吞下去,疼得满地打滚,最后被家人带去医院灌肠方逃过一劫，樟脑丸是有毒的。

以前在家里还看到过红褐色的蟑螂卵，整体似一个去了尖头的葵花子，也像一枚椭圆形的鱼肝油胶囊。我在八仙桌的抽屉里、书籍封底、首饰盒底板上都见到过蟑螂卵。不可思议的是，作家金宇澄回忆动荡岁月家中被抄走的物件中有一座铸铁少年像，背面常附有蟑螂卵。这说明蟑螂产卵不择地方，蟑螂卵有很强的依附力。

虽生存在脏乱的环境中，但蟑螂却有"洁癖"，它有事没事总喜欢把触须拉到嘴边"清洗"，但再怎么"清洗"，都不能改变人们对它的坏印象。它和蚊子、苍蝇、老鼠被列为"四害"，而最早的"四害"版本里它的位置是由麻雀"坐"的，当时好几位权威说它是害鸟，而且还有麻雀携带了美国生化病毒的荒唐说法，以致麻雀和其他鸟类被消灭了十多亿只，但麻雀终究没有绝种，就像信口雌黄的"专家"一样没有绝迹。

飞"蝗"腾达

中国人对谐音的痴迷,超越任何国度。就以蝗虫而言,它被理解为"飞黄腾达"。"飞黄"原本是传说中的神马,以神马奔腾来形容一个人的迅速发达。明清的青花、粉彩瓷器上能见到蝗虫图案,表达了时人的审美追求。古时瓷器上的纹饰有数百种之多,不像现在瓷器上翻来覆去就这几种。

国人对蝗虫的想象过于美好,蝗虫实际上给民众带来的更多是苦难,蝗灾与水灾、旱灾并称为三大农业自然灾害,有个说法叫"旱极必蝗",大旱之后,必有蝗灾。遮天蔽日的蝗虫从远处飞来,贪婪吞噬着龟裂土地上干枯颓靡的农作物,缺了水,少了粮,民何以聊生?历史上,很多农民起义与蝗灾有关,一些王朝的覆灭与蝗灾有关,把责任全部推到蝗虫身上不太客观。

蝗虫的危害让古人认为有蝗神存在,蒲松龄写过一篇《柳秀才》,明代,蝗灾即将蔓延到山东沂县时,县令做梦时见一秀才说明日有骑驴妇人经过西南道时,此为蝗神,哀求她可免灾。第二天,县令果真在道上等候到了妇人,他苦苦哀求妇人不让全县遭灾,妇人说,可恨柳秀才泄密,我让他受苦,不损害庄稼就是。不久,蝗虫飞来后,没有侵害庄稼,只是吃光了柳树上的叶子。县官此时方知柳秀才是柳神的化身。

比蒲松龄晚些的王守毅在《篈廊琐记》里也提及过蝗神,但却是男性。蝗神是男是女,具体什么样子没有统一的形式,因为确实也没人见过。但凡灾害都会被古人视作有神灵作祟,其实完全没必要惧怕,面对自然,我们应该是保持敬畏。

吾乡里下河地区把蝗虫唤作"得蜢",多见的有三种,一种是打火机大小的飞蝗,喜常混迹于齐腿高的毛豆叶丛中。我看民国工笔画家朱仲宣绘过这种蝗虫,趴在玉米秆子上啃食玉米,设色极佳,仿如活物;一种身体粗短,眼后有横条黑斑,翅膀灰蒙蒙的,后知它叫斑翅蝗;还有一种头身形苗条、头如利剑的"尖头得蜢"。我抓过斑翅蝗和"尖头得蜢",它们都会吐褐色的口水。这三种"得蜢"有绿色的,也有灰色的,似有正规军和杂牌军之分。

蝗虫又名蚂蚱,里下河地区却把蚂蚱的"帽子"戴到了蝈蝈头上,这与别处很有区别。

很多地方有吃蝗虫的习惯,天津有名吃蚂蚱卷饼;山东有特产蚂蚱酱;云南有菜肴油炸蚂蚱,因油炸时蝗虫会跳个不停,故别称"跳菜"。油炸蚂蚱不稀奇,本地专门卖各种油炸虫子的夜宵摊子上也有,两只一起穿在竹签上,看上去长度要有十多公分,肥肥壮壮的,大概是人工饲养的。和它"为伍"的还有蝎子、竹虫、知了、蜂蛹、蜘蛛、蜈蚣等,我问过价格,油炸蝗虫一串二十来元,最贵的是炸蜘蛛,一串上就一只,要五六十元。我也只是抱着好奇心问问而已,我是不吃的,而且我周边的人都没有爱吃虫子的。少了我的光顾,油炸虫子摊的生意未受影响,周边围着的少男少女说明它很受欢迎。

天牛

这个名字很霸气,像是神话中某大仙的坐骑,由此会想它有着庞大的体型,但这一切都是错觉,天牛只是一种渺小的虫子。至于这种虫子为何叫"天牛",好事者的解释是其名因它力大如牛,善于飞翔而得来,但这不算什么绝技,虫子界的"大力士""飞行员"多得很。

不过天牛的模样还算周正,它的头部上圆下方,头部两侧各有一个尖角,身体则像一个长盾牌,和头凑在一处,大致像一只清代的棒槌瓶造型,当然还像那种塞盖型的酒瓶,当然这一切都是微型的。我们这边最多见的一种天牛身上黑色打底,带有乳白色的斑点,把局部往大了看,像是一颗颗繁星挂在漆黑的夜空中。它的两根长触须亦是黑一节白一节,之前以为一节触须代表天牛一岁的年龄,后得知事实真是如此天牛家族要烧高香了,天牛的寿命实在有限。

偶尔还能看到一种身有黄斑块的天牛,这些斑块的分布不成规则,不按比例,不搞对称,我曾想象是天牛进了菜花丛中,不慎被花汁染了"衣服"所致。不管什么样子的天牛,它都比其他虫子好逮。它常慵懒地趴在树干上,活动着触须,两个指头捏住它时,它才有了反应,慌乱地舞动着肢脚,细皮嫩肉的女孩要是被它带着刺钩的肢脚挠上一下,皮肤上立马会浮现出白线痕。

抓天牛时,加一点力按着它时,它会发出"咔吱咔吱"的声音,前人说这声音像是锯树之声,把天牛称为"锯树郎",但我看来这声音更像是老家具水分蒸发、榫头收紧时发出的声响,使用经年的家具,不经意间能发出轻微的岁月回响。

幼时我和小伙伴会在天牛的脖颈处绑一根细棉绳,拿着绳子另一

凡尘晴好
世物幽美

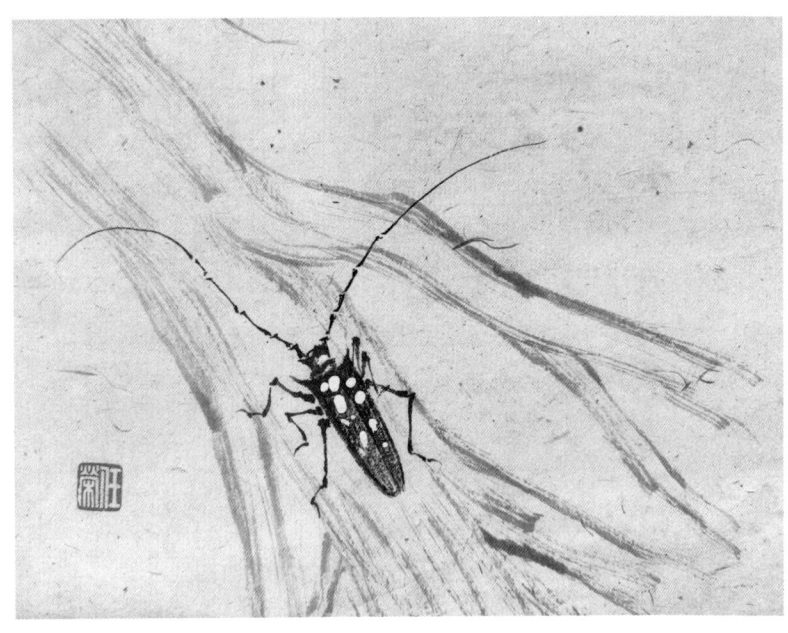

端在外面尽情地跑，在奔跑时，天牛会跟着节奏飞起来，如同放风筝。或者把细棉绳缚在两只天牛的脖颈处，引诱它们向不同方向爬行，最终力量弱的一方天牛被拉得"六脚朝天"，我们很少会伤及天牛性命，玩够了，就将它放生。

获得自由前的天牛不会着急离去，而是慢慢地"热身"，搓几下肢爪，摆动一番触须后，再展开身上的硬翅膀及藏在下边的透明翅膀飞到空中，很多时候它既飞不高也飞不远，要么还落地上，要不就落树上。想想它的心理素质真强大，不怕人类反悔再来捉它。

花鸟市场现在有天牛卖，很多人把它买来当宠物。弹古琴的江公子喜欢养天牛玩，他陆续买了十多只天牛，但总照料不周，没有一只活了超过五天。江公子后来索性买了一对天牛标本搁茶台上。酒兴茶酣的时候，江公子常对着天牛标本弹古琴，我想，这绝对是新版的"对牛弹琴"。